KB211828

오즈의 마법사 3

오즈의 오즈마 공주

오즈의 마법사 3

오즈의 오즈마 공주

라이먼 프랭크 바움 지음 | 존 R. 닐 그림 | 손인혜 옮김

더클래식

오즈 시리즈 제2권 《환상의 나라 오즈》와 마찬가지로 나의 어린 친구들 덕분에 이 새로운 오즈 책을 쓰게 되었다. 아이들은 귀여운 편지로 "도로시 이야기를 해 주세요." "겁쟁이 사자는 어떻게 되었나요?" "오즈마는 그 후에 무엇을 했나요?"라고 물었다. 당연히 오즈마는 오즈의 통치자가 되었다. 어떤 친구들은 나에게 줄거리를 제안하기도 했다. "오즈의 나라로 도로시를 다시 보내 주세요." "오즈마와 도로시를 만나게 해서 친해지게 해 주세요." 어린 친구들이 요청한 것을 다 들어주려면 오즈에 관한 책을 정말 열두 권은 써야 할 정도다. 내가 책을 쓰면서 즐거워한 만큼 아이들도 읽으면서 즐거워하기를 바란다.

이 책에는 도로시 이야기가 더 나온다. 그리고 우리의 오랜 친구 허수아비와 양철 나무꾼과 겁쟁이 사자와 오즈마와 다른 이들도 나온다. 괴상하고 특이한 새 친구들도 나온다. 책이 출판되기 전에 미리 읽어 본 한 친구가 이렇게 말했다. "빌리나와 똑딱과 배고픈 호랑이는 정말 '오즈'스러워요." 이 의견이 편견에 치우치지 않은 정확한 판단이라면 어린 친구들은 새 이야기가 정말 '오즈'스럽다는 것을 알게 될 것이다. 이 책을 쓰게 되어 정말로 기쁘다. 《오즈의 오즈마 공주》를 재미있게 읽었다는 편지가 곧 도착하기를 바란다.

라이먼 프랭크 바움
1907년 미시간주 마카타와 호수에서

차례

I
닭장 안의 소녀

바람이 세차게 불어 바다에 잔물결을 일으켰다. 잔물결은 곧 파도가 되었고, 파도는 무섭도록 높아져서 집채만 한 파도가 되었다. 어떤 파도는 큰 나무만 했고, 어떤 파도는 산처럼 높았다. 파도와 파도 사이는 계곡처럼 깊었다.

장난꾸러기 바람이 별다른 이유 없이 일으킨 바람은 무서운 태풍이 되어 거대한 바다를 춤추게 해 많은 손해를 입혔다.

바다 위에는 바람을 맞으며 배 한 척이 떠 있었다. 파도가 점점 거세지며 위아래로 심하게 출렁거리자 선원들은 바람에 쓸려 바다에 거꾸로 처박힐까 봐 밧줄이나 난간을 꽉 붙들었다. 두꺼운 먹구름이 낀 하늘은 햇빛 한 줄기 들지 않았다. 주변이 밤처럼 어두워지자 태풍이 더 무섭게 느껴졌다. 하지만 폭풍 속에서도 여러 번 배를 몰아 본 경험이 있는 선장은 두려워하지 않았다. 그는 승객들이 갑판으로 나오면 위험하다는 것을 알고 있었기에 태풍이 지나갈 때까지 두려워하지 말고 모두 선실 안에 가만히 있으라고 말했다.

승객들 중에는 캔자스에서 온 도로시 게일이라는 어린 소녀도 있었다. 도로시는 헨리 아저씨와 함께 처음 보는 친척을 만나러 호주로 가는 길이었다. 헨리 아저씨는 건강이 좋지 않았다. 캔자스에 있는 농장에서 열심히 일하느라 많이 쇠약해졌기 때문이다. 아저씨는 엠 아줌마에게 일꾼을 고용해서 농장을 돌보도록 하고 사촌이 있는 호주로 떠나서 휴양을 할 생각이었다.

도로시는 헨리 아저씨와 함께 여행을 하고 싶었다. 헨리 아저씨 역시 호주로 가는 먼 길을 도로시와 함께하면 즐거울 것이라 생각했다. 헨리 아저씨는 도로시를 데리고 가기로 결정했다. 어린 소녀는 여행 경험이 꽤 많았다. 한번은 회오리바람에 실려 집에서 멀리 떨어진 환상의 나라 오즈에 다녀온 적도 있다. 도로시는 그 낯선 나라에서 캔자스로 돌아올 때까지 수많은 모험을 했다. 그래서 도로시는 어떤 일이 일어나도 쉽게 겁먹지 않았다. 지금처럼 바람이 울부짖어도, 무시무시한 파도가 몰아쳐도, 소녀는 조금도 수선을 피우지 않았다.

"당연히 우린 선실 안에 있을 거예요."

도로시는 헨리 아저씨와 다른 승객들에게 말했다.

"태풍이 잠잠해질 때까지 가만히 있으세요. 선장님이 말하길 갑판에 나가면 바다로 떨어질지도 모른대요."

누구도 그런 일을 당하고 싶지는 않았다. 승객들은 갑판 아래 몸을

웅크리고 앉아서 태풍의 비명 소리와 돛대가 삐걱거리는 소리를 들으며 배가 양옆으로 기울 때마다 서로 부딪히지 않으려고 애썼다.

도로시는 잠이 들려는 찰나 헨리 아저씨가 없어졌다는 사실을 깨닫고는 깜짝 놀라 자리에서 일어났다. 하지만 아저씨가 어디로 갔는지 알 수 없었다. 도로시는 몸이 편찮은 아저씨가 갑판으로 나갔을까 봐 걱정됐다. 서둘러 선실로 돌아오지 않으면 아주 위험한 상황에 처할 것이 뻔했다.

사실 헨리 아저씨는 침상에 누우러 갔던 것인데 도로시는 그 사실을 몰랐다. 도로시는 엠 아줌마가 아저씨를 잘 돌보라고 신신당부하던 모습이 떠올라 폭풍이 몰아치는 갑판으로 가서 아저씨를 찾아보기로 했다. 배는 심하게 흔들려서 작은 소녀가 갑판으로 나가는 계단에 발을 올려놓을 수도 없을 정도였다. 도로시가 겨우 갑판으로 갔을 때 바람은 소녀의 치마를 찢을 기세로 불어닥쳤다.

도로시는 반항적인 폭풍에 왠지 모를 흥분을 느끼면서 난간을 붙잡고 어두운 곳을 바라봤다. 그리 멀지 않은 돛대에 한 남자가 붙어 있는 것 같았다. 소녀는 헨리 아저씨라고 생각되는 그 물체를 향해 크게 외쳤다.

"헨리 아저씨! 헨리 아저씨!"

하지만 미친 듯이 불어 대는 바람 때문인지 도로시조차 자신의 목소리가 잘 들리지 않았다. 남자가 움직이지 않는 것을 보아 그도 소녀의 목소리를 못 들은 듯했다.

도로시는 남자 쪽으로 가 보기로 했다. 소녀는 폭풍이 잠잠한 틈을 타 갑판에 밧줄로 단단히 묶인 커다랗고 네모난 닭장으로 달려갔다. 그런데 도로시가 닭장의 판자를 잡자마자 폭풍은 마치 작은 소녀가 자신의 힘에 저항하는 것에 화가 난 듯 갑자기 광폭해졌다. 폭풍은 무시무시한 거인처럼 비명을 질러 대며 닭장을 묶어 놓은 밧줄을 끊고, 도로시가 매달린 그것을 공중으로 날려 버렸다. 바람에 날린 닭장은 이리저리 빙글빙글 돌다가 먼 바다에 떨어졌다. 성이 난 파도는 닭장을 가지고 노는 것이 재미있는지 부글거리는 물마루로 들어 올렸다가 다시 깊은 계곡으로 처박았다.

물에 빠진 도로시는 다행스럽게도 정신을 잃지 않았다. 소녀는 닭장을 꼭 붙잡고 있다가 물 밖으로 나왔다. 바람이 닭장의 뚜껑을 날려 버려서, 불쌍한 닭들은 손잡이가 없는 먼지떨이처럼 바람에 날려 사방으로 흩어졌다. 닭장이 바닥은 두꺼운 판자로 되어 있어서 마치 뗏목 같았다. 도로시는 닭장에 매달렸다. 소녀는 캑캑거리며 바닷물을 뱉어 낸 후에 숨을 가다듬고 닭장의 가장 단단한 나무 바닥 위에 섰다. 그랬더니 몸이 훨씬 편해졌다. 닭장은 소녀의 몸무게를 지탱하기에 충분했다.

"내 배가 생겼네!"

도로시는 상황의 변화에 두려워하지 않고 오히려 즐거워했다. 닭장이 파도를 타고 높이 올라가자 소녀는 자신이 타고 있던 배를 볼 수 있었다. 배는 너무 멀리 있었다. 배에 탄 사람들은 소녀가 없어졌는지도, 이상한 모험을 하고 있는지도 알지 못할 것이다. 닭장은 파도를 타고 내려갔다가 다시 물마루로 올라갔다. 배는 점점 멀어져 장난감처럼 보

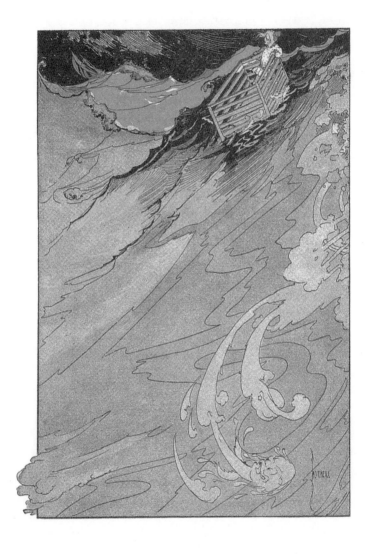

이더니 마침내 어둠 속으로 완전히 사라져 버렸다. 도로시는 헨리 아저씨 없이 앞으로 어떤 일이 닥칠지 몰라 한숨을 쉬었다.

드넓은 바다에 홀로 남겨진 소녀가 가진 것이라고는 나무판자로 만든 낡은 닭장뿐이었다. 바닷물이 소녀의 속옷까지 적셨다. 소녀는 배가 고파도 먹을 것이 없었다. 마실 물도, 갈아입을 옷도 없었다.

도로시는 웃음을 터트리며 크게 소리쳤다.

"도로시 게일, 넌 이제 완전히 혼자가 됐구나! 도무지 빠져나갈 방법이 떠오르지 않아!"

날이 점차 어두워지자 머리 위에 떠 있던 회색 구름이 먹구름으로 바뀌었다. 바람은 장난에 만족했는지 다른 곳으로 가 버린 듯했고, 파도도 더는 요동치지 않았다.

도로시는 폭풍이 잠잠해져서 다행이라고 생각했다. 그 어떤 용감한 아이라도 그런 폭풍에는 죽을 수도 있었다. 도로시는 수많은 모험을 했기 때문에 그런 상황이 특별히 두렵지 않았다. 온몸이 젖고 불편한 것은 사실이었지만, 크게 한 번 숨을 쉬고 나면 예의 명랑함을 되찾았다. 그리고 앞으로 어떤 운명이 닥쳐와도 차분히 맞서기로 결심했다.

머리 위의 구름이 조금씩 걷히더니 하늘에 은빛 달이 나타났다. 부드러운 달빛과 함께 작은 별들이 즐겁게 반짝이고 있었다. 닭장은 더이상 출렁거리지 않았다. 요람처럼 부드럽게 파도를 타는 닭장 안으로 바닷물도 넘어오지 않았다.

몇 시간 동안이나 폭풍에 시달린 소녀는 잠을 자는 것이 원기를 회복하고 시간을 보내는 가장 좋은 방법이라고 생각했다. 바닥은 축축

했고 옷도 젖었지만 다행히 날씨가 좋아서 춥지는 않았다. 소녀는 닭장 구석에 있는 판자에 등을 기대고 다정한 별들에게 인사를 한 뒤 눈을 감고 곧 잠이 들었다.

2
누런 암탉

　도로시는 이상한 소리에 잠에서 깨어났다. 날이 밝아 맑은 하늘에는 태양이 환히 빛나고 있었다. 소녀는 캔자스로 돌아가 낡은 농장에서 송아지와 돼지, 닭들과 노는 꿈을 꾸었다. 눈을 비비고 일어난 도로시는 아직도 꿈을 꾸고 있다고 생각했다.

　"꼬꼬댁! 꼬꼬꼬, 꼬꼬댁!"

　소녀를 깨운 이상한 소리가 또 들려왔다. 그것은 분명 닭이 우는 소리였다! 하지만 소녀가 눈을 뜨고 처음 본 것은 잔잔하고 평화로운 바다였다. 닭장 안의 소녀는 문득 위험하고 힘들었던 지난밤이 생각났다.

　"꼬꼬댁! 꼬꼬꼬."

　"무슨 소리지?"

17

도로시는 발아래를 살피며 외쳤다.

"방금 내가 알을 낳았어."

작지만 날카롭고 분명한 목소리가 대답했다. 주변을 둘러보던 소녀는 누런 암탉이 닭장 한구석에 웅크리고 있는 것을 보았다.

"어머나! 너도 밤새 여기 있었던 거야?"

소녀는 놀라서 소리쳤다.

"당연하지. 닭장이 배에서 떨어질 때 난 재빨리 발톱과 부리로 이 판자를 붙잡았어. 물에 빠지면 익사한다는 사실쯤은 나도 알고 있거든. 몰아치는 파도 때문에 하마터면 익사할 뻔했지. 살면서 이렇게 젖은 적은 처음이야!"

암탉이 날개를 퍼덕거리더니 하품을 하며 말했다.

"맞아, 어제는 정말 홀딱 젖었지. 지금은 괜찮니?"

"조금 나아졌어. 해가 떠서 네 옷처럼 내 깃털도 말랐어. 아침에 알을 낳고 나니 기분이 좀 좋아졌어. 그런데 이제 우리는 이 커다란 호수를 떠다니다가 어떻게 될까?"

"나도 정말 알고 싶어. 그런데 넌 어떻게 말을 할 수 있는 거니? 나는 닭들은 *꼬꼬거리기*만 하는 줄 알았는데."

"사실 나도 오늘 아침까지만 해도 말 한마디 못하고 *꼬꼬거리기*만 했어. 하지만 조금 전에 네가 질문을 했을 때 나는 그 질문에 대답하는 것이 세상에서 가장 자연스러운 일처럼 느껴졌어. 그래서 너나 다른 사람들이 말을 하듯 나도 말을 하게 된 거야. 이상하지?"

누런 닭이 신중하게 대답했다.

"아주 이상해. 만약 우리가 오즈의 나라에 있다면 별로 이상한 일은 아니지만. 왜냐하면 그 요정의 나라에서는 많은 동물들이 말을 할 수 있거든. 하지만 이 바다는 오즈의 나라에서 아주 멀 텐데."

"내 문법은 어때? 내가 말을 제대로 하고 있는 것 같니?"

누런 암탉이 걱정스럽게 물었다.

"그래, 처음치고는 잘하는데?"

"그렇다니 다행이군. 왜냐하면 말을 할 때는 정확하게 하는 것이 가장 중요하거든. 붉은 수탉은 늘 내 꼬꼬댁 소리가 완벽하다고 칭찬했지. 내가 제대로 말한다는 것을 알게 되니 이제 마음이 편하네."

누런 암탉이 자신감 있는 목소리로 말했다.

"배가 고파지기 시작하네. 아침을 먹을 시간인데 아침이 없어."

도로시가 말했다.

"내 달걀을 먹으렴. 그래도 상관없어."

"알을 품지 않아도 괜찮겠어?"

작은 소녀가 놀라서 물어보았다.

"괜찮아. 나는 조용한 곳에 있는 아늑한 둥지 안에 적어도 열세 개의 알이 없다면 알을 품지 않을 거야. 암탉들의 세계에서는 13이 행운의 숫자거든. 그러니까 이 달걀을 먹어도 괜찮아."

"날달걀을 먹을 수 있을지는 모르겠어. 하지만 너의 친절한 마음씨는 고맙게 받을게."

"천만에."

암탉은 차분하게 대답하고 깃털을 다듬기 시작했다.

도로시는 잠시 동안 일어서서 넓은 바다를 바라보았다. 하지만 머릿속으로는 여전히 달걀을 생각하고 있었다.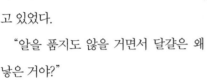

"알을 품지도 않을 거면서 달걀은 왜 낳은 거야?"

"그냥 습관이야. 털갈이 시기를 빼고 매일 아침 신선한 달걀을 낳는 것은 나의 자랑이지. 나는 달걀을 낳기 전에는 결코 울지 않아. 그리고 울지 못하면 나는 기분이 안 좋아."

"이상해. 나는 닭이 아니어서 그런지 이해를 못하겠어."

"당연히 그럴 거야."

도로시는 다시 조용해졌다. 누런 암탉이 함께 있는 것만으로도 왠지 든든했다. 그렇다 하더라도 이 넓은 바다에 떠 있는 것은 너무 외로웠다.

암탉은 도로시의 머리보다 높은 닭장 판자 꼭대기에 올라가 앉았다.

"육지가 그리 멀지 않아!"

암탉이 소리쳤다.

"어디? 육지가 어디 있어?"

도로시가 신나서 외쳤다.

"저쪽에! 우리가 지금 그쪽으로 가고 있는 것 같아. 아마 정오가 되기 전에는 땅을 밟을 수 있겠는걸?"

"제발 그랬으면 좋겠다!"

나무판자 사이로 들어온 바닷물에 다리가 젖은 도로시가 안도의 한숨을 내쉬며 말했다.

"나도 그래. 암탉에게 젖는 것보다 더 끔찍한 일은 없지."

육지가 점점 가까워졌다. 닭장을 타고 떠다니는 작은 소녀에게 육지는 꽤나 아름다워 보였다. 파도가 넘실대는 하얀 모래사장과 자갈밭 뒤로는 바위 언덕이 있었고, 그 너머에는 푸른 숲이 보였다. 하지만 집이나 사람이 사는 흔적은 보이지 않았다.

"먹을 게 있으면 좋겠는데. 아침 먹을 시간이 한참이나 지났어."

도로시가 닭장 위에서 아름다운 해변을 바라보며 말했다.

"나도 배고파."

누런 암탉이 말했다.

"그럼 달걀을 먹는 건 어때? 넌 나와 달리 요리하지 않은 음식도 먹을 수 있잖아?"

소녀가 물어보았다.

"나보고 식인종이 되라는 거야?"

암탉이 화난 목소리로 외쳤다.

"너의 모욕에 할 말을 잃었어!"

"미안, 그런데 저기…… 이름이 뭐니?"

작은 소녀가 물었다.

"내 이름은 빌이야."

누런 암탉이 퉁명스럽게 말했다.

"빌? 그건 남자 이름이잖아."

"그럼 어때?"

"넌 암탉이잖아."

"당연하지! 하지만 처음에 내가 알을 깨고 나왔을 때에는 아무도 내가 암탉이 될지 몰랐어. 내가 태어난 농장에 있던 소년은 같이 알을 깨고 나온 형제들 중에서 나 혼자만 누런색이어서 귀엽다고 빌이라는 이름을 지어 줬어. 소년은 내가 자라서 다른 수탉들처럼 꼬끼오 하면서 울거나 싸우지 않는다는 것을 알게 되었지. 그런데도 소년은 내 이름을 바꿔 주지 않았어. 그리고 농장의 다른 친구들도 마찬가지로 나를 '빌'로 알고 있었지. 때문에 나는 늘 빌이었어. 빌이 바로 내 이름이야."

"하지만 어딘가 이상해. 너만 괜찮다면 빌리나라고 부를게. '리나'를

끝에 붙이면 여자 이름 같거든."

"그래도 괜찮아. 네가 나를 뭐라고 부르든 그게 나를 부르는 거라는 걸 알고 있는 한 어떤 이름이라도 상관없어."

"좋아, 빌리나. 내 이름은 도로시 게일이야. 친구들은 도로시라고 부르고, 낯선 사람들은 게일 양이라고 불러. 나를 도로시라고 불러도 좋아. 이제 해변에 꽤 가까이 왔네. 해변까지 걸어가기에는 바다가 깊지 않으려나?"

"조금 더 기다려 보자. 햇살이 따뜻하고 기분 좋게 내리쬐는데 서두를 필요는 없잖아."

"하지만 발이 젖어서 질척거리는걸……. 옷은 다 말랐지만 발이 축축해서 불편해."

어쨌든 소녀는 암탉의 말대로 조금 더 기다려 봤다. 오래지 않아 커다란 나무 닭장이 모래 해변에 부드럽게 가 닿았고, 위험한 항해는 드디어 끝났다.

해변까지 그리 멀지 않았기 때문에 누린 암탉은 푸드덕거리며 금방 모래 위에 닿았다. 도로시는 높은 판자를 기어올라야 했다. 그것은 시골 소녀인 도로시에게 그리 어려운 일이 아니었다. 해변에 안전하게 도착한 도로시는 젖은 신발과 양말을 벗어서 따뜻한 햇볕이 비치는 해변에 늘어놓았다.

소녀는 가만히 앉아서 빌리나를 쳐다보았다. 암탉은 뾰족한 부리로 모래와 자갈을 쪼며 강한 발톱으로 땅을 훑고 있었다.

"뭐 하고 있어?"

도로시가 물어보았다.

"아침을 먹고 있지."

암탉이 바쁘게 부리를 쪼아 대며 중얼거렸다.

"먹을 게 있어?"

궁금해진 소녀가 물어보았다.

"통통한 붉은 개미가 있어. 모래에 사는 벌레도 있고 작은 게 한 마리도 있더라. 정말 맛있어."

"아, 징그러워!"

도로시가 놀란 목소리로 외쳤다.

"뭐가 징그러워?"

암탉이 고개를 들어 반짝이는 한쪽 눈을 친구에게 향하며 물었다.

"살아 있는 무서운 벌레와 기어 다니는 개미를 먹는 게 징그럽지. 부끄러운 줄 알아!"

"맙소사! 넌 정말 이상한 아이구나, 도로시! 살아 있는 것들이 죽은 것들보다 몸에 좋고 신선해. 하지만 인간들은 죽은 것이라면 뭐든 먹잖아."

"그렇지 않아!"

"아니야, 너희들은 새끼 양과 어미 양과 소와 돼지와 닭까지 먹지."

"하지만 우린 요리해서 먹어."

도로시가 당당하게 말했다.

"그게 무슨 차이야?"

"차이가 있지. 설명은 못하겠지만 분명히 차이가 있어. 어쨌든 우린 벌레같이 끔찍한 것은 먹지 않아."

"하지만 너희들은 벌레를 먹은 닭을 먹잖아. 그러니까 인간들도 닭만큼이나 나빠."

흥분한 닭이 꼬꼬거리는 소리를 섞어 가며 말했다.

암탉의 말에 도로시는 생각에 잠겼다. 빌리나가 한 말은 사실이었다. 소녀는 갑자기 식욕이 뚝 떨어졌다. 암탉은 아침거리에 만족한 듯 계속 모래를 바쁘게 쪼아 댔다.

"아야! 금속에 부리를 부딪혔어. 하마터면 부러질 뻔했네."

빌리나가 모래 깊숙이 부리를 박았다가 뒤로 물러나며 말했다.

"아마 바위일 거야."

도로시는 별생각 없이 대답했다.

"아니야, 나는 금속과 바위를 구별할 줄 알아. 느낌이 달라."

"하지만 사람이 살지 않는 바닷가에 금속이 있을 리 없잖아. 어딘데? 내가 파 볼게. 그래서 내가 옳다는 걸 증명해 줄게."

빌리나는 자신의 부리가 부러질 뻔한 장소를 소녀에게 알려 주었다. 도로시는 암탉이 알려 준 곳에서 모래를 파다가 단단한 무언가를 끄집어냈다. 그것은 커다랗고 낡은 황금 열쇠였다. 모래에 묻혀 있던 열쇠는 완벽한 모양으로 빛나고 있었다.

"이것 봐. 내가 아까 뭐라 그랬어? 내 부리가 부딪혔을 때 금속이라고 했지?"

암탉이 승리감에 젖어 꼬꼬대며 외쳤다.

"순금인 것 같아. 아마도 모래 속에 오래 묻혀 있었나 봐. 그런데 이게 왜 여기 있을까? 빌리나, 이 열쇠는 무엇을 열 수 있는 걸까?"

소녀는 호기심 어린 눈으로 열쇠를 바라보며 말했다.

"나도 모르지. 나보다는 네가 열쇠나 자물쇠에 대해서 더 잘 알지 않아?"

도로시는 주위를 둘러보았다. 사람이 사는 흔적은 보이지 않았다. 하지만 소녀는 모든 열쇠에는 자물쇠가 있다고 믿었다. 혹시 멀리 떨어진 곳에 사는 누군가 이 해변을 떠돌다가 잃어버린 열쇠일지도 몰랐다.

열쇠를 발견하고 즐거워진 소녀는 호주머니에 열쇠를 넣고 마른 양말과 신발을 느긋하게 신었다.

"빌리나, 주위를 둘러보고 아침으로 먹을 만한 게 있나 찾아보자."

3
바퀴 인간

도로시는 숲을 향해 조금 걷다가 하얀 모래사장 위에 누군가 막대로 써 놓은 글자를 발견했다. 소녀는 옆에서 위엄 있게 걷고 있는 누런 암탉에게 물었다.

"저게 무슨 글자지?"

"내가 어떻게 알아? 난 글을 읽을 줄 몰라."

"그래?"

"당연하지! 나는 학교에 다닌 적이 없는걸?"

"나는 학교에 다녔어. 하지만 글자가 너무 크고 서로 멀리 떨어져 있어서 도무지 무슨 뜻인지 모르겠어."

소녀는 글자를 하나씩 주의 깊게 살펴보았다.

"바퀴를 조심하라!"

"이상하군. 바퀴
가 무슨 뜻이지?"

도로시가 글자를 큰 소리
로 읽어 주자 암탉이 말했다.

"아마 외바퀴 손수레나 유모차나 리어카
같은 걸 가지고 다니는 사람이 아닐까?"

"자동차일지도 모르지. 외바퀴 손수레나 유모
차는 위험하지 않지만 자동차는 위험하잖아. 내
친구들 중에 차에 치인 애들도 있어."

"자동차일 리 없어. 왜냐하면 무인도에는 전차나
전화기가 없을 거거든. 여기 사람들은 아직 그런 걸
모를 거라고 확신해. 만약 여기에 사람이 있다면 말이
야. 그러니까 당연히 자동차도 없을 거야."

"그럴지도 모르지. 그런데 어디로 가는 거야?"

"저쪽에 있는 나무로 가 보자. 과일이나 견과류가 있을지도 몰라."

도로시는 모래 위를 저벅저벅 걸어서 근처에 있는 작은 바위 언덕
을 돌아 금방 숲 가장자리에 다다랐다.

소녀는 크게 실망했다. 근처에는 목화나 유칼립투스처럼 열매나 견
과류가 없는 나무들뿐이었다. 하지만 소녀는 다시 주위에서 열매가 가

득한 나무 두 그루를 발견했다.

한 나무에는 가지에 네모난 종이 상자가 가득 달려 있었다. 가장 크고 잘 익은 상자에는 '점심 도시락'이라고 쓰여 있었다. 이 나무에는 일 년 내내 점심 도시락이 열리는 것 같았다. 작은 도시락 상자는 녹색이었고, 더 커질 때까지 먹지 못할 것 같았다. 나뭇잎은 모두 손수건으로 되어 있었다. 배고픈 소녀는 그 나무가 무척이나 반가웠다.

점심 도시락 옆에 있는 나무는 더욱 굉장했는데, 그곳에는 굵은 가지에 저녁 도시락이 휘청거릴 정도로 주렁주렁 매달려 있었다. 어떤 도시락은 아직 작았는데, 그것은 어두운 갈색이었다. 가장 큰 도시락은 칙칙한 은빛이었다. 그중에서도 가장 잘 익은 도시락은 햇빛을 받아 반짝이는 은빛이었다. 도로시는 무척 기뻤다. 누런 암탉도 소녀가 놀라워하는 것을 알 수 있었다.

소녀는 발끝을 들어 가장 잘 익은 커다란 점심 도시락을 하나 땄다. 그리고 바닥에 주저앉아 기쁜 마음으로 도시락을 열었다. 안에는 흰 종이로 싼 햄 샌드위치와 스펀지케이크 한 조각, 피클과 치즈 그리고 사과가 들어 있었다. 모든 것이 맛있어서 소녀는 배부르게 골고루 먹었다.

소녀는 옆에 앉아서 호기심 어린 눈길로 바라보고 있는 빌리나에게 말했다.

"정확히 말하면 이건 점심이 아니라 아침이야. 하지만 배고픈 사람은 아침에도 불평 않고 부담스러울 정도로 푸짐한 식사를 할 수 있어."

"점심 도시락이 잘 익었길 바랄게. 설익은 것을 먹으면 배탈이 나기 마련이거든."

암탉이 걱정스러운 목소리로 말했다.

"잘 익은 것 같아. 피클만 빼고 말이야. 피클은 원래 녹색이거든. 음식은 모두 훌륭해. 교회에서 소풍 가서 먹었던 것보다 더 좋아. 이제 저녁 도시락을 따야겠어. 또 배고파질지도 모르잖아? 그러고 나서 우리가 있는 곳이 어디쯤인지 이 나라를 탐험해 보자."

"이곳이 어디인지 전혀 아는 바가 없니?"

"응, 전혀 모르겠어. 하지만 요정의 나라라는 것만은 확실해. 그렇지 않으면 점심 도시락이나 저녁 도시락이 나무에 열릴 리 없잖아? 게다가 빌리나, 캔자스처럼 요정이 살지 않는 문명화된 곳에서는 암탉이 말을 못해."

"아마도 우린 오즈의 나라에 와 있는지도 모르겠군."

"그럴 리 없어. 왜냐하면 오즈의 나라는 아무도 건널 수 없는 끔찍한 사막으로 둘러싸여 있거든."

작은 소녀가 대답했다.

"그러면 너는 어떻게 그곳에서 나왔니?"

"난 어디든 갈 수 있는 은으로 만든 구두를 갖고 있었어. 물론 지금은 잃어버렸지만."

"오, 그랬단 말이지?"

누런 암탉이 믿을 수 없다는 듯 말했다.

"어쨌든 오즈의 나라 근처에 바다는 없어. 그러니까 여긴 또 다른 요정의 나라일 거야."

도로시는 그렇게 말하며 손잡이가 튼튼해 보이고 반짝거리는 예쁜 저녁 도시락을 나무에서 땄다. 소녀는 누런 암탉과 함께 해변으로 걸어 나왔다.

모래사장을 반쯤 걸었을 무렵 빌리나가 두려움 섞인 목소리로 물었다.

"저게 뭐지?"

도로시는 재빨리 주변을 둘러보았다. 한 번도 본 적 없는 아주 괴상하게 생긴 사람이 숲에서 그들 쪽으로 다가오고 있었다.

사람처럼 생긴 그것은 네 개의 팔다리로 굴러오고 있었다. 도로시의 눈에 짐승 같아 보이지는 않았다. 왜냐하면 그는 다양한 색으로 수놓은 아주 멋진 옷에 머리에는 멋들어진 밀짚모자를 쓰고 있었기 때문이다. 하지만 사람과는 달리 팔다리 끝에 둥근 바퀴가 달려 있어서, 그는 그 바퀴로 아주 빠르게 땅 위를 굴러 다녔다. 도로시는 사람의 손톱이나 발톱처럼 그들의 몸에 바퀴가 자라는 이상한 종족일 것이라 생각했다. 도로시 눈에 그들은 화려한 옷을 입은 사람이 손과 발에 롤러스케이트를 끼고 있는 것처럼 보였다.

누런 암탉이 놀라서 파닥거리며 소리쳤다.

"도망쳐! 저게 바로 그 바퀴야!"

"그 바퀴라니 도대체 무슨 말이야?"

"모래 위에 써 있던 글자 기억 안 나? 내가 분명히 도망치라고 말했어! 어서 도망쳐!"

도로시는 암탉의 말을 듣고 급히 도망쳤다. 바퀴 인간은 날카롭고

거친 소리를 내며 전속력으로
소녀를 쫓아왔다. 소녀가 달리면서
어깨 너머로 뒤를 돌아보니 몸에 잘 맞는 훌
륭한 옷을 입은 바퀴들이 숲에서 개미 떼처럼 몰려나와 빠르게 소녀
를 향해 다가오고 있었다.

"이러다 잡히겠어! 하지만 나는 더는 못 달리겠어, 빌리나."

무거운 저녁 도시락을 들고 달리던 소녀가 숨을 헐떡이며 말했다.

"언덕으로 올라가, 빨리!"

암탉이 말했다.

도로시는 숲으로 갈 때 지나쳤던 뾰족뾰족한 돌들이 쌓여 있는 언
덕을 바라보았다. 누런 암탉은 벌써 돌 사이로 퍼덕거리며 그곳을 오
르고 있었다. 도로시도 거친 바위투성이 언덕을 반쯤은 기어오르고 반
쯤은 구르면서 열심히 닭을 쫓아갔다.

소녀는 하마터면 제일 가까이서 달려오던 바퀴에게 잡힐 뻔했지만
가까스로 언덕 위로 올라갔다. 소녀가 바위 위로 올라가자마자 바퀴는
멈춰 서서 실망과 분노를 담아 짧게 소리를 질렀다.

도로시는 누런 암탉이 *꼬꼬거리면서* 웃는 소리를 들었다.

"서두를 필요 없어. 바퀴들은 바위 위로 못 올라와. 그러니 우린 이제 안전해."

숨이 턱까지 찬 도로시는 넓은 바위에 주저앉았다.

곧 언덕 아래에 도착한 다른 바퀴들도 거칠고 험한 바위를 오르지 못해 머뭇거렸다. 바퀴들은 언덕 위에 있는 도로시와 암탉을 붙잡을 수 없어서 대신 그 주변을 둘러싸고 그들을 포위했다. 바퀴들은 앞발을 무섭게 흔들어 대며 도로시를 향해 고래고래 소리를 질렀다.

"우리는 곧 너희들을 잡을 거야! 그리고 갈가리 찢어 버릴 거야!"

그러자 도로시가 그들에게 물었다.

"너희들은 왜 우리를 괴롭히는 거야? 나는 이곳에 처음 왔고 너희들에게 해를 끼친 적도 없어."

"해를 끼친 적이 없다고? 넌 우리 점심 도시락과 저녁 도시락을 마음대로 먹었어. 네 손에는 아직도 훔친 저녁 도시락이 들려 있구나."

대장처럼 보이는 바퀴가 말했다.

"겨우 하나씩 땄을 뿐이야. 난 배가 너무 고팠어. 그리고 그 나무들이 너희들 것인지도 몰랐어."

"그건 변명이 안 돼. 저녁 도시락을 허락도 없이 따는 사람은 사형에 처한다는 것이 이곳 법이야."

가장 훌륭한 옷을 입은 대장 바퀴가 받아쳤다.

"저 말을 믿지 마. 저 나무는 이 끔찍한 바퀴들 것이 아니야. 바퀴들은 어떤 나쁜 짓이라도 할 거야. 내 생각에 저들은 네가 저녁 도시락을 따지 않았어도 죽이려 들었을 거야."

빌리나가 말했다.

"나도 그렇게 생각해. 그나저나 우리 이제 어떡하지?"

"우선은 이곳에 잠깐 피해 있자. 우리가 배고파 죽을 때까지는 이곳에서 안전하게 있을 수 있어. 배고프기 전까지 좋은 일이 생기겠지."

4
태엽 로봇 똑딱

한 시간쯤 후에 바퀴들은 언덕을 감시할 세 명만 남겨 두고 숲 속으로 굴러 들어갔다. 언덕에 남은 바퀴들은 모래 위에 커다란 개처럼 웅크린 채 잠든 척했다. 하지만 도로시와 빌리나는 그들의 속임수에 넘어가지 않았다. 그들은 안전한 바위 언덕에 머무르며 교활한 적들에게 아무런 관심도 보이지 않았다.

마침내 돌 더미 위에서 파닥거리던 암탉이 외쳤다.

"여기 길이 있어!"

도로시는 빌리나가 앉아 있는 곳으로 올라가 보았다. 바위 사이로 매끄러운 길이 나 있었다. 그 길은 회오리바람이나 와인 따개 모양으로 거친 바위 사이를 빙빙 돌아 나 있었다. 다행히 길이 평평해서 쉽게 올라갈 수 있을 것 같았다. 도로시는 바퀴들이 왜 그 길로 올라오지 않는지 궁금했다. 길 아래를 보니 커다란 바위 몇 개가 가리고 있어서 바퀴들이 올라올 수 없게 막고 있었다.

도로시는 그 길을 따라 언덕 꼭대기까지 올라갔다. 그곳에는 다른 바위보다 크고 둥그런 바위 하나가 있었다. 길은 그 커다란 바위 바로 옆에서 끝났다. 순간 도로시는 '여기서 끝날 거면 왜 길을 만들었을까?' 하고 얼떨떨해했다. 근엄한 표정으로 도로시를 따라오던 암탉은 도로시 뒤에 있는 바위에 올라앉아 말했다.

"이건 문처럼 생겼는걸?"

"어디가 문처럼 생겼다는 거야?"

"네 앞에 잇는 바위의 금을 잘 봐. 문처럼 직사각형 모양이잖아."

모든 것을 꿰뚫어 보는 것 같은 작고 둥근 눈을 가진 빌리나가 말했다.

"뭐가?"

"바위의 금을 보라고. 내 생각엔 바위의 문 같아. 비록 경첩은 보이지 않지만 말이야."

"그러네."

바위의 금을 살펴보며 도로시가 말했다.

"이게 열쇠 구멍인가, 빌리나?"

도로시가 문 한쪽에 있는 둥글고 깊은 구멍을 가리키며 물었다.

"물론이지. 이제 열쇠만 있으면 안에 무엇이 들어 있는지 볼 수 있을 텐데. 다이아몬드와 루비가 가득하고 빛나는 금덩이가 쌓여 있는 보물의 방일지도 몰라."

"모래사장에서 주운 열쇠가 이 구멍에 맞을까?"

"한번 넣어 보자."

도로시는 원피스 주머니에서 황금 열쇠를 꺼내 바위에 나 있는 구멍에 집어넣고 돌려 보았다. 그러자 짤깍하는 소리가 났다. 도로시는 바위가 바깥쪽으로 열리면서 삐걱거리는 소리를 내자 등골이 오싹해졌다. 드디어 작고 어두운 동굴이 모습을 드러냈다.

"어머나!"

도로시는 좁은 길 뒤로 물러나며 비명을 질렀다.

바위로 된 좁은 동굴 안에는 희미한 빛 아래 사람 모습의 형상이 서 있었다. 키는 도로시 정도에 몸은 공처럼 둥근 그것은 구리로 만든 로봇이었다. 몸통과 마찬가지로 구리로 만들어진 머리와 팔다리는 중세 시대의 갑옷처럼 몸체에 금속으로 연결되어 있었다.

"두려워하지 마. 살아 있는 게 아니야."

빌리나가 멀찍이 앉으며 말했다.

"알아."

도로시가 깊은 숨을 들이쉬며 대답했다.

"고향의 농장에 있는 오래된 주전자처럼 구리로 만들어진 거야."

암탉이 물체를 검사하듯이 양쪽 눈을 이쪽저쪽으로 돌리며 말했다.

"옛날에 양철로 만들어진 나무꾼을 만난 적이 있어. 그 나무꾼은 우리처럼 살아 있었어. 왜냐하면 그는 진짜 사람으로 태어났기 때문이야. 그러다가 조금씩 몸을 양철로 바꾸기 시작했어. 처음에는 다리, 그다음에는 손가락, 그다음에는 귀……. 나무꾼의 도끼가 자신의 몸을 잘랐기 때문이지."

"오!"

암탉이 소녀의 이야기를 믿지 못하겠다는 듯 콧방귀를 뀌었다. 도로시는 암탉이 그러든 말든 눈을 크게 뜨고 로봇을 쳐다보며 말했다.

"하지만 이 구리 기계는 전혀 움직이지 않네. 그러면 왜 만들어진 거고, 왜 이렇게 이상한 곳에 갇혀 있는 걸까?"

"알 수 없지 뭐."

암탉이 머리를 돌려 날개 깃털을 정리하며 대답했다.

도로시는 작은 동굴 안으로 들어가 구리 로봇의 뒷모습을 살펴보았다. 목 뒤에는 작은 구리 핀으로 고정된 설명서가 있었다. 소녀는 그 설명서를 가지고 밖으로 나와 바위 위에 앉아서 읽어 보았다.

"뭐라고 적혀 있어?"

암탉이 궁금해하며 묻자 도로시가 더듬거리며 설명서를 크게 읽어 주었다.

스미스 앤 팅커스 제품

여러 행동을 동시에 할 수 있는 특허품입니다. 즉각 반응하고, 스스로 생각하고, 완벽하게 말하는 로봇으로, 첨부된 태엽을 돌리면 생각하고 말하고 행동합니다. 하지만 살아 있지는 않습니다.

이브의 나라 이브나에서 만들어짐.

특허를 침해할 경우 법에 따라 처벌받습니다.

"정말 괴상하군! 이게 정말일까?"

누런 암탉이 말했다.

"나도 모르겠어. 이걸 들어 봐, 빌리나."

사용 방법

생각하게 하려면 왼팔 아래에 있는 1번 태엽을 돌려 주세요.

말하게 하려면 오른팔 아래에 있는 2번 태엽을 돌려 주세요.

걷고 행동하게 하려면 등 중앙에 있는 3번 태엽을 돌려 주세요.

이 로봇은 천 년 동안 완벽하게 작동됨을 보장합니다.

"만약 구리 로봇이 여기 쓰여 있는 절반만이라도 실제로 한다면 정말 놀라운 로봇이겠는걸? 하지만 내 생각엔 다 사기 같아. 다른 특허들처럼 말이야."

누런 암탉이 놀란 목소리로 말했다.

"태엽을 한번 돌려 보지 뭐."

"태엽을 감는 열쇠는 어디 있는데?"

"설명서가 달려 있는 핀에 같이 걸려 있어."

"그럼 작동하는지 한번 태엽을 감아 보자. 천 년짜리 보증을 받은 로봇이니까. 하지만 이 동굴 안에 얼마나 있었는지는 모르겠네."

도로시는 얼른 핀에 걸려 있는 열쇠를 빼 들었다.

"어떤 걸 먼저 감아 볼까?"

소녀가 설명서를 들여다보며 물었다.

"1번 태엽을 먼저 감아 봐. 무엇보다 생각부터 할 줄 알아야 하지 않겠어?"

빌리나가 대답했다.

"그래."

도로시가 왼쪽 팔 아래에 있는 1번 태엽을 감으며 말했다.

"별로 달라진 게 없는데."

암탉이 비난하듯 말했다.

"당연하지. 아직 생각밖에 못하잖아."

도로시가 말했다.

"무슨 생각을 하는지 궁금한걸?"

"이제 말하는 태엽을 돌릴게. 그럼 생각한 걸 우리한테 말해 줄 수 있겠지."

소녀가 2번 태엽을 감자마자 로봇이 입을 움직이며 말했다.

"안-녕하세요, 작-은 소녀. 안-녕하세요, 암탉 아줌마."

로봇의 목소리는 약간 거칠면서 높낮이의 변화가 없었다. 하지만 도로시와 빌리나는 로봇이 하는 말을 완벽하게 알아들을 수 있었다.

"안녕하세요?"

그들은 예의 바르게 대답했다.

"구-해 주-셔서 감사합니다."

로봇은 곰 인형의 버튼을 꾹 누를 때 나는 소리처럼 단조로운 목소리로 말했다.

"천만에! 그런데 어쩌다 이 동굴 안에 갇히게 됐니?"

호기심이 생긴 도로시가 물어보았다.

"아주 긴 이-야기입니다."

구리 로봇이 대답했다.

"하지만 간-단히 말해 드리겠습니다. 이브의 잔-인한 왕 이-볼-도 가 나의 제-조-사-인 '스미스 앤 팅-커'사에서 나를 구-매했습니다. 그는 신-하들을 죽을 때까-지 때리는 사람이었습니다. 하-지-만 그는 나를 죽-일 수 없었죠. 왜-냐하면 나는 살아 있지 않으니까요. 죽기 위해-서는 먼저 살아 있어야 하니까요. 왕의 구-타도 나에겐 아무

런 상처를 주지 못했습니다. 나의 구-리 몸-은 더욱 윤-이 날 뿐-이었
죠. 잔-인한 왕에게는 사랑-스러운 아내와 열 명의 귀-여-운 아이-들
이 있었습니다. 다섯 명의 공주와 다섯 명의 왕자였죠. 하지만 분-노에
사로잡힌 왕은 놈 왕에게 자식들을 팔아 버렸고, 놈 왕은 마-법의 힘으
로 아이들을 장-식-품으로 변-신시켜서 지-하-궁-전에 가두었습니
다. 나-중-에 이브의 왕은 자신의 사악-한 행-동을 크게 후회하며 아
내와 아-이-들을 놈 왕으로부터 되찾으려고 애썼지만 소용없-었습니
다. 절망-한 왕은 나를 이 바위 안에 가두어 놓고 열쇠를 바-다-에 던
져 버렸습니다. 그리-고 그 역시 바다에 몸을 던졌습니다."

"정말 끔찍한 이야기야!"

도로시가 외쳤다.

"정말-로 그렇습니다."

로봇이 말했다.

"내-가 이곳에 갇-혔-을 때 더는 목소리가 나오지 않을 때-까지 구해 달라고 외-쳤습니다. 그리고 움-직임이 멈출 때-까지 이 작-은 방을 왔다 갔다 했습니다. 그리고 생각이 멈출 때-까지 서 있었습니다. 그 후-에 당신이 나를 다-시 구해 줄 때-까지 아-무런 기-억-이 없습니다."

"정말 놀라운 이야기네. 그 얘길 들으니 이브의 나라는 내가 생각했던 대로 정말 요정의 나라인가 봐."

"당연합니다. 요-정의 나라가 아니-라면 나처럼 완벽-한 로-봇이 있을 리가 없죠."

"캔자스에서는 한 번도 로봇을 본 적이 없어."

"그런데 이 문을 여-는 열쇠는 어디서 찾았나요?"

"해변에서 찾았어. 파도에 떠밀려 왔나 봐. 이제 움직임 태엽을 감아 줄게."

"그렇게 해 주신다면 정-말 고맙겠습니다."

도로시가 3번 태엽을 감자 로봇이 곧바로 어기적거리며 바위 동굴 밖으로 걸어 나갔다. 그러더니 그는 구리 모자를 벗고 무릎을 꿇으며 도로시에게 예의 바르게 인사했다.

"지금부터 나는 당신의 충-실-한 하-인입니다. 당신이 어-떤 명-령-을 하든지 기-꺼-이 듣겠습니다."

"넌 이름이 뭐니?"

소녀가 물었다.

"똑딱. 태-엽이 풀리면서 항-상 똑딱 소리가 난다고 나의 전 주인이 지어 준 이름입니다."

"지금도 똑딱 소리가 들려."

누런 암탉이 말했다.

"나도 들려."

도로시가 말했다. 그리고 걱정스럽게 덧붙였다.

"갑자기 알람이 울리거나 그러진 않지?"

"그러지 않아요."

똑딱이 대답했다.

"내 기-계-에-는 어-떤 알-람도 없어-요. 하지만 시간을 말해 줄 수는 있어요. 나는 잠을 자기 않기 때문에 아침-에 주인님이 원하는 어-떤 시간에라도 깨-워 드릴 수 있어요."

"그것 참 좋네. 아침에 일어나는 건 정말 싫지만."

"내가 알을 낳을 때까지 넌 자도 돼. 그때가 되면 내가 꼬꼬댁 울게. 그러면 똑딱이 널 깨울 시간이라는 걸 알게 될 거야."

누런 암탉이 말했다.

"아침 일찍 알을 낳는 편이니?"

"여덟 시쯤에 낳아. 그때쯤이면 모두들 일어나야 할 시간이지."

빌리나가 말했다.

5
저녁 도시락

"자, 이제 똑딱, 네가 해 줄 첫 번째 일은 우리이게 이 바위산을 탈출하는 길을 찾아 주는 거야. 우리를 죽이려는 바퀴가 저 아래에 있어."

도로시가 말했다.

"바-퀴들을 두려-워할 이-유가 전혀 없어요."

똑딱이 점점 늘어지는 목소리로 말했다.

"왜?"

소녀가 물어보았다.

"왜-냐-하면 그-그-들은……."

똑딱이 갑자기 말을 멈추더니 한쪽 팔은 하늘로 치켜들고 다른 팔은 부채처럼 흔들어 대다가 갑자기 정지했다.

"어머나! 무슨 일이 생긴 거지?"

도로시가 두려운 목소리로
말했다.

"태엽이 다 풀린 것 같아.
네가 태엽을 끝까지 감지
않아서 그래."

암탉이 차분하게 말했다.

"태엽을 많이 감아야 하는지 몰
랐어. 이번엔 잘 감아야지."

소녀는 구리 로봇에게 달려가 목 뒤
에 걸려 있는 열쇠를 찾아보았다.

"없어졌어!"

도로시가 실망스러운 목소리로 외쳤다.

"뭐가 없어졌는데?"

"열쇠가."

"아마 똑딱이 너에게 인사할 때 떨어졌을 거야.
한번 둘러봐."

암탉이 대답했다.

잠시 후 소녀는 바위틈에 떨어진 열쇠를 발견했다. 소녀는 곧장 똑
딱의 목소리 태엽을 끝까지 돌려 주었다. 태엽을 감는 것은 힘들었지
만 입을 연 로봇이 이제 적어도 스물네 시간은 괜찮을 것이라고 말해
서 안심되었다.

"처음-에 태엽을 많-이 감아 주지 않아-서 그래요."

똑딱이 차분하게 말했다.

"이-불-도 왕에 대-한 이야-기를 그렇게 길-게 했으니 태-엽이 다 풀린 것도 당연-하죠."

소녀는 움직임 태엽을 감아 주면서 빌리나의 조언에 따라 열쇠를 잃어버리지 않도록 호주머니에 넣어 두었다.

생각 태엽까지 다 감고 나서 도로시가 말했다.

"이제 바퀴들에 대해 무슨 말을 하려고 했는지 말해 봐."

"그들을 전-혀 두-려워할 필요가 없어요. 그들은 사람들이 자신들을 두-려-워하기를 바라-고 있어요. 하지만 사실 바-퀴들은 겁-쟁-이여서 그들과 싸우려는 사람들에겐 아-무런 해도 못 끼치죠. 만-약 당신 같은 작-은 소녀를 해치려고 했다면 그들은 정-말 사-악-한 거예요. 그들은 내가 곤봉이라도 들고 있는 것을 보았다면 즉시 도망-갔을 거예요."

"혹시 곤봉을 가지고 있니?"

도로시가 물었다.

"아니요."

"이런 바위 언덕에서 곤봉 같은 건 찾을 수 없겠지."

누런 암탉이 말했다.

"그러면 우린 이제 어떻게 해야 하지?"

"일단 나의 생-각 태엽을 단-단히 감아 주면 다-른 계획을 생각해 볼게요."

도로시는 똑딱의 생각하는 태엽을 단단히 감았다. 그리고 똑딱이 생

각하는 동안 저녁을 먹기로 했다. 빌리나는 벌써 먹을 것을 찾아 바위
틈을 쪼기 시작했다. 도로시도 바닥에 앉아서 양철 도시락 통을 열었
다. 그 안에는 맛있는 레모네이드가 가득한 작은 물통이 도시락 윗부
분에 들어 있었다. 다행히 뚜껑이 컵이어서 레모네이드를 따라 마실
수 있었다. 도시락 안에는 칠면조 고기 세 조각과 차가운 소 혀 두 조
각, 바닷가재 샐러드와 빵 네 조각과 버터, 작은 커스터드 파이와 오렌
지 하나, 커다란 딸기 아홉 개와 호두와 건포도가 들어 있었다. 특이하
게도 이 도시락 통에 들어 있는 호두는 이미 깨져 있어서 힘들이지 않
고도 먹을 수 있었다.

　소녀는 옆에 있는 바위에 성찬을 늘어놓고 저녁을 먹기 시작했다.
똑딱에게도 먹으라고 권했지만 똑딱은 기계라서 먹지 않는다고 했다.

빌리나에게도 같이 먹자고 했지만 암탉은 '죽은 음식'에 관해 중얼거리더니 자기는 벌레와 개미가 더 좋다고 했다.

"점심 도시락 나무와 저녁 도시락 나무가 바뀔 것이니?"

소녀가 식사를 하면서 똑딱에게 물어보았다.

"당-연히 아-닙니다. 그 나무는 이-브의 왕-실 소유-예요. 이-볼-도 왕이 바다-에 뛰어든 후 그의 아내와 아이-들이 놈 왕에 의해 변-해 버려서 왕-족-이 없-을 뿐-이죠. 내 생각엔 지금 이브의 나라를 다스리는 사람이 없을 거예요. 아-마 그래서 바-퀴들이 나무가 자신의 소유라고 우기면서 점-심과 저-녁 도시락을 따 먹-는 거겠죠. 하지만 나무는 왕족의 소-유예요. 모-든 도-시-락 통 바-닥-에 왕실을 뜻하는 'E' 자가 찍혀 있지요."

도로시는 도시락을 뒤집어 바닥을 살펴보았다. 똑딱이 말한 대로였다.

"바퀴들이 이브의 나라에 사는 유일한 종족이니?"

소녀가 물어보았다.

"아-닙니다. 그들은 단-지 숲 뒤의 작은 지-역에 살고 있을 뿐이에요. 그들은 언-제-나 사-악-하고 무-례-했-죠. 내 주인-이던 이-볼-도 왕은 바-퀴들의 질-서를 바로잡기 위해 채찍을 들-고 다니곤 했어요. 처음에 바-퀴들은 나를 넘어트리고 머리로 받으려-고 했지만 나는 단-단-한 물-질-로 만들어졌기 때문에 그들만 다-칠 뿐이었죠."

"넌 상당히 튼튼해 보여. 널 만든 사람은 누구니?"

도로시가 물었다.

"이브의 수-도이자 왕-궁이 있는 이브-나에 위치한 '스미스 앤 팅-커'사에서 만들었지요."

"거기서는 너 같은 로봇을 많이 만들었니?"

"아니요, 나는 그들이 완-성-한 유-일-한 자동 기계 로-봇이에요. 나를 만든 사람들은 아-주 훌-륭-한 발-명-가였고, 그-들이 만든 물건은 정말 예-술-이었어요."

"그런 것 같아. 그들은 아직도 이브나에 사니?"

"그들은 이제 없습니다. 스미스 씨는 발-명-가이면서 화-가이기도 했는데, 어느 날 아-주 진-짜 같은 강 그-림을 그리고는 강 건-너-편 둑에 꽃-을 그려 넣다-가 그만 강-물-에 빠져 죽-고 말았어-요."

"저런, 정말 안됐다!"

"그리고 팅-커 씨-는 달까지 닿-는 아주 기다란 사다리를 만들어서 달에 닿을 때까지 높-이 올라가 왕의 왕관에 장식할 작-은 별을 땄어요. 팅-커 씨-는 달이 무척이나 사랑-스러운 장소라고 생각했기 때문에 그곳에서 살기로 결-심-했어요. 그래서 그는 사-다리를 끌어올렸고 그 후-로 그를 본 사람은 아-무도 없어요."

"이브의 나라 입장에서는 정말 큰 손실이었겠구나."

도로시가 커스터드 파이를 우물거리면서 말했다.

"그렇죠. 내-게도 역시 큰 손-실이에요. 만약 내가 고-장이라도 나면 그분들이 아니면 누-구에게 나를 수-리-해 달라고 해야 할지 모르겠거든요. 왜냐-하면 나는 아주 복-잡-하-게 만들어졌기 때문이에요. 당신-은 내가 얼마나 복-잡한 기-계-로 가득 차 있는지 모-

를 거-예요."

"알 것 같아."

"이제 그-만 말-하고 바위산을 탈-출할 방-법을 생-각해 봐야겠어요."

그리고 똑딱은 뒤돌아서 생각하기 시작했다.

"내가 아는 최고의 사색가는 허수아비야."

도로시가 누런 암탉에게 말했다.

"말도 안 돼!"

빌리나가 받아쳤다.

"정말이야. 난 오즈의 나라에서 허수아비를 만났어. 허수아비는 나와 함께 오즈의 마법사를 만나러 에메랄드 시로 여행했어. 그는 머리가 짚으로 가득 차 있어서 오즈의 마법사에게 두뇌를 얻으려고 했지. 하지만 내가 보기에 허수아비는 두뇌를 얻기 전에도 꽤 생각을 잘했어."

그러자 벌레를 많이 찾지 못해서 뾰로통해진 빌리나가 말했다.

"나보고 그 말도 안 되는 오즈의 나라 이야기를 믿으라는 거야?"

"말이 안 된다니?"

"왜, 너의 말도 안 되는 이야기들 있잖아. 동물이 말을 한다든지, 양철 나무꾼이 살아 있다든지, 그리고 허수아비가 생각을 한다든지 하는 것들 말이야."

"오즈의 나라는 정말로 있어. 나는 정말로 그들을 봤다고."

"믿을 수 없어!"

암탉이 머리를 치켜들며 외쳤다.

"네가 몰라서 그래."

빌리나의 말에 약간 기분이 상한 소녀가 대답했다.

"오즈의 나라에서는 어-떤 것-도 가-능-하지요. 그곳은 놀라운 환상의 나라니까요."

똑딱이 그들에게 말했다.

"그것 봐, 빌리나! 내가 뭐라고 했어?"

도로시가 외쳤다. 그리고 소녀는 로봇에게 돌아서서 흥분한 목소리로 물었다.

"오즈의 나라를 알고 있니, 똑딱아?"

"아니요, 하지만 그곳 이야-기는 들어 봤어요. 그곳과 이브-의 나라 사-이-에는 단-지 넓-은 사-막이 있을 뿐이에요."

구리 로봇이 말했다.

도로시는 기뻐서 박수를 쳤다.

"그 얘길 들으니 기쁘네! 내 옛 친구들과 그렇게 가까이 있다니 무척 기뻐! 빌리나, 내가 얘기했던 허수아비가 바로 오즈의 나라 왕이야."

"죄-송합니다만, 그는 지금 왕이 아닙니다."

똑딱이 대답했다.

"내가 오즈의 나라를 떠날 때는 왕이었어."

도로시가 말했다.

"그랬지요. 하지만 오즈의 나라에 반-란-이 일어나서 허수-아비는 소-녀 군-대를 이끌고 온 진-저 장-군-에게 폐-위되었고, 진-저는 오즈의 왕가의 피가 흐르는 오즈마라는 어-린 소녀에 의해 폐-위되었지요. 지금은 정당-한 후계-자인 오즈-마가 오즈의 나라를 다스-리고 있습니다."

똑딱이 말했다.

"나에겐 새로운 소식이야. 내가 오즈의 나라를 떠난 뒤로 많은 일들이 일어난 것 같아. 허수아비와 양철 나무꾼과 겁쟁이 사자가 어떻게 되었는지 궁금해. 그리고 전에 한 번도 들어 보지 못한 오즈마라는 소녀가 누구인지도 궁금해."

하지만 똑딱은 소녀의 말에는 대답하지 않고 몸을 돌려 다시 생각에 잠겼다.

도로시는 귀중한 음식을 버리지 않도록 남은 음식을 다시 도시락통에 넣었다. 도로시가 좋아하는 음식을 경멸하던 누런 암탉은 품위도 잊은 채 신나서 남은 부스러기들을 쪼아 먹었다.

그때 똑딱이 다가와 뻣뻣하게 고개를 숙이며 말했다.

"나를 따라-와 주신다면 고맙-겠습니다. 나는 당신들을 이브-나라로 안내-할 겁니다. 그곳이 더 편-안-하-고 바-퀴들로부터도 안-전할 거예요."

"좋아, 난 준비됐어!"

도로시가 즉시 말했다.

6
랑귀데르의 머리

　그들은 바위 사이로 난 길을 따라 천천히 내려왔다. 똑딱이 앞섰고 도로시가 그 뒤를, 그리고 누런 암탉이 맨 뒤에서 총총거리며 따라왔다. 구리 로봇은 길을 막고 있던 바위를 손쉽게 옆으로 밀어 버렸다.

　똑딱이 도로시에게 말했다.

　"저-녁 도-시락을 내게 주-세요."

　소녀가 똑딱에게 도시락 바구니를 건네주자 로봇이 구리 손가락으로 도시락 손잡이를 꽉 잡았다. 그들이 모래 위로 내려서자 그들을 발견한 세 명의 바퀴가 거친 비명을 지르며 길을 막아섰다. 똑딱은 첫 번째 바퀴가 가까이 다가오자 양철 도시락을 크게 휘둘러 그의 머리를 내리쳤다. 공격당한 바퀴는 울부짖으며 한쪽으로 넘어졌다. 아주 큰 소리가 났지만 많이 다치지는 않은 듯했다. 얼마 후 바퀴는 무서운 비명을 지르며

전속력으로
도망쳤다.

"내가 말-했듯이
바퀴는 아무 해-도 끼치
지 못-해요."

하지만 똑딱이 그 말을 하자마자
다른 바퀴가 다가왔다. 똑딱이 다시 저녁
도시락 통으로 바퀴의 머리를 치자 밀짚모자
가 저 멀리 날아갔다. 두 번째 바퀴는 그것으로 충분했
다. 세 번째 바퀴는 도시락 통으로 머리를 맞을 때까지
기다리지 않고 도망가는 바퀴들을 따라 재빨리 사라졌다.

누런 암탉은 기뻐하며 똑딱의 어깨 위로 날아 올라가 말
했다.

"정말 용감한 나의 로봇 친구! 현명하기도 하지. 이제 우린 저
흉측한 것들로부터 안전해."

하지만 바로 그때 한 무리의 바퀴들이 숲에서 굴러 왔다. 그들은 자
신들의 수가 많다는 점을 믿고 두려움 없이 똑딱에게 다가왔다. 도로
시는 빌리나를 꼭 껴안았다. 로봇은 작은 소녀를 보호하기 위해 왼쪽
팔로 감쌌다. 그때 바퀴들이 그들 앞에 다다랐다. "땡! 쨍! 픽!" 똑딱이
도시락 통으로 바퀴들의 머리를 때리는 소리가 나자 대장 바퀴만 남

겨 두고 다른 바퀴들은 모두 무서워서 도망갔다. 대장 바퀴는 다른 바퀴에 부딪혀 뒤집어졌다. 똑딱은 얼른 금속 손가락으로 훌륭한 옷을 입은 적의 멱살을 잡아 올렸다.

"부-하들에게 꺼지-라고 말해라."

로봇이 명령했다.

대장 바퀴는 부하들에게 명령하기를 망설였다. 똑딱은 토끼를 문 사냥개처럼 대장 바퀴의 이빨에서 창문에 우박이 떨어지는 소리가 날 때까지 흔들었다. 대장은 숨을 돌리자마자 부하들에게 당장 물러가라고 외쳤다. 그러자 바퀴들이 일제히 물러갔다.

"이제 넌 우-리와 함께 가-자. 그리고 내-가 알고 싶어 하는 것-들을 알려 줘."

똑딱이 말하자 바퀴가 얼굴을 찡그리며 대답했다.

"이런 식으로 나를 협박하면 후회할 거야. 나는 무서운 사람이야."

"나는 단지 기-계일 뿐이라서 어떤 일-이 생기더라도 슬-픔이나 기쁨을 느끼지 못-해. 어쨌든 네-가 무-서-운 사람이라고 생각하는 건 틀렸어."

똑딱이 대답했다.

"왜 그렇게 생각하지?"

"왜-냐하면 아무도 너희를 무서워-하지 않기 때문이지. 바퀴들은 그 누구도- 다치-게 할 수 없어. 너희들은 주먹-을 쥘 수도 없고, 할퀼 수도 없고, 머리채-를 잡아당길 수도 없고, 발로 찰 수도 없지. 네가 할 수 있는 일은 소리 지르-는 것밖에 없는-데, 그건 아무도 다치

게 하지 않잖아."

그 말을 들은 바퀴는 갑자기 울음을 터트리며 웅얼거렸다.

"이제 나와 부하들은 모두 끝장났어! 당신이 우리 비밀을 눈치챘으니까 우린 이제 무력해. 우리의 유일한 희망은 사납고 무서운 사람인 척해서 사람들이 두려워하게 만드는 거였는데. 그래서 모래에 바퀴들을 조심하라고 써 놓았지. 지금까지는 모두들 우리를 무서워했는데 당신은 우리가 약하다는 것을 알아냈어. 이제 적들이 우리를 불행하고 비참하게 만들 거야."

"아니야, 똑딱은 비밀을 지켜 줄 거야. 나와 빌리나도 마찬가지고. 다만 너희들 근처에 다가오는 아이들을 무섭게 하지 않겠다고 약속한다면 말이야."

도로시는 예쁜 옷을 입은 바퀴가 불쌍하게 여겨졌다.

"안 그렇게! 나는 그렇게 나쁜 사람이 아니야. 하지만 다른 사람이 우리를 공격하는 것을 막기 위해 무서운 사람인 척해야 했어."

도로시와 약속한 바퀴는 눈물을 그치고 힘을 냈다.

"그건 사-실-이 아니다. 너와 부-하들은 정말 못-된 사람들이야. 너희를 두려워하는 사람들을 괴롭-히기 좋아하잖아. 게다가 너는 가-끔 버-릇-없고 무-례-하-기도 했어. 하지만 그런 잘못들을 고친다고 약속한다면 너의 비-밀을 지-켜 주겠어."

똑딱이 자신의 옆에서 굴러가는 포로를 붙들고 숲으로 난 길을 걸으며 말했다.

"기필코 고칠게. 친절하게 대해 줘서 고마워, 똑딱 씨."

"나는 단-지 기-계라서 슬-퍼하거나 기뻐-할 수 없는 것과 마찬가지로 친절할 수도 없어. 나는 오-직 태엽을 감은 것만 할 수 있어."

바퀴가 걱정스러워하며 물었다.

"그래도 비밀은 지켜 줄 거지?"

"그래, 네-가 처-신을 잘한다면 말이야. 그런데 지금 이브의 나라는 누가 다스리고 있니?"

"지금은 왕이 없어. 왜냐하면 왕실의 모든 사람이 놈 왕의 감옥에 갇혀 있기 때문이야. 다만 이볼도 왕의 조카인 랑귀데르 공주님이 궁에 살면서 왕실의 돈을 물 쓰듯 쓰고 있어. 랑귀데르 공주님은 통치를 하지 않기 때문에 정확히는 통치자라고 할 수는 없지만, 현재 상황에서 왕에 가장 가까운 사람이라고 할 수 있지."

"그녀에 대한 기-억-이 없어. 공주님은 어떻게 생겼지?"

"나도 말할 수 없어. 랑귀데르 공주님을 스무 번 정도 봤지만 그녀는 볼 때마다 모습이 달랐어. 공주님의 측근들도 그녀가 왼쪽 손목에 차고 다니는 팔찌에 달린 아름다운 루비 열쇠로 공주님이라는 것을 알 수 있대."

도로시가 놀라서 말했다.

"정말 이상하군. 네 말은 여러 공주님이 같은 사람이라는 거야?"

"그렇진 않아. 공주님은 한 명뿐이지. 하지만 그녀가 조금 더 예쁘거나 덜 예쁜 모습으로 바뀌는 것뿐이야."

"공주는 분명히 마녀일 거야."

"그건 아니야. 공주님에게 수수께끼 같은 면이 있기는 하지. 공주님은 허영심에 가득 차서 거울로 둘러싸인 방에서 자신의 모습에 감탄하면서 살고 있대."

아무도 그 말에 대답하지 않았다. 모두들 방금 숲을 빠져나온 그들 앞에 펼쳐진 아름다운 계곡에 시선을 빼앗겼기 때문이다. 푸른 들판에 수많은 과일나무와 앙증맞은 농가가 여기저기 흩어져 있었고, 잘 닦인 길이 사방으로 나 있었다.

그들이 서 있는 곳에서 1.5킬로미터쯤 떨어진 곳에 아름다운 계곡으로 둘러싸인 궁전의 높은 첨탑이 파란 하늘을 배경으로 밝게 반짝이며 솟아 있었다. 궁전은 꽃과 수풀로 둘러싸여 있었다. 졸졸 물을 내뿜는 분수들이 보였고, 하얀 대리석상이 예쁜 길을 따라 놓여 있었다. 도로시 일행은 감탄하며 궁전으로 걸어갔다.

궁전의 커다란 문은 잠겨 있었다. 나무판자에는 다음과 같이 적혀 있었다.

주인 없음. 왼쪽 건물의 세 번째 문을 두드려 주세요.

똑딱이 포로인 바퀴에게 말했다.

"이제 왼쪽 건-물로 가는 길을 알-려 줘."

"오른쪽으로 가면 있어."

바퀴가 자신들을 속이는 것은 아닌지 두려워진 도로시가 물었다.

"왼쪽 건물이 왜 오른쪽에 있지?"

"원래 세 채의 건물을 사용했는데 두 채는 허물어졌고, 오른쪽에 있는 건물 하나가 남아 있는 왼쪽 건물이기 때문이야. 그건 랑귀데르 공주님이 자신을 귀찮게 하는 방문객을 피하려는 수작이지."

포로가 그들을 건물로 데려다 주자 더 이상 바퀴가 필요 없어진 로봇은 그가 무리와 합류하도록 풀어 주었다. 바퀴는 재빠르게 굴러가더니 금방 눈에서 멀어졌다.

똑딱은 세 번째 문을 찾아 세게 두드렸다. 리본을 두른 모자를 쓴 작은 하녀가 문을 열고 나와 예의 바르게 인사했다.

"무슨 일로 오셨어요? 여러분?"

도로시가 그녀에게 물었다.

"당신이 랑귀데르 공주님이신가요?"

"아니에요, 저는 하녀랍니다."

"공주님을 뵐 수 있을까요?"

"공주님께 당신들이 왔다고 말씀드릴게요. 들어오세요. 그리고 응접실에 앉아 계세요."

도로시와 똑딱은 안으로 들어갔다. 누런 암탉이 그들을 따라 들어가려고 하자 작은 하녀가 앞치마로 빌리나의 얼굴을 후려쳤다.

"훠이! 저리 가!"

화가 난 암탉은 뒤로 물러나 깃을 세우며 말했다.

"너나 저리 가! 예의 바르게 행동할 수 없나?"

그러자 하녀가 놀라며 말했다.

"오, 너 말할 줄 아니?"

"내 말이 안 들려? 앞치마 저리 치워. 그리고 현관에서 비켜. 내 친구들과 함께 들어갈 수 있게!"

"공주님이 싫어하실 거예요."

"공주님이 좋아하든 싫어하든 상관없어."

빌리나는 큰 소리로 날개를 퍼덕이며 하녀의 얼굴을 향해 곧장 날아들었다. 작은 하녀는 깜짝 놀라 머리를 숙였고, 그 틈에 암탉은 도로시의 곁에 안전하게 착륙했다.

"어쩔 수 없죠. 이 고집 센 암탉 때문에 일을 망치더라도 제 탓은 하지 마세요. 랑귀데르 공주님을 화나게 해서 좋을 일이 없어요."

"공주님께 우리가 기다리고 있다고 말해 줘요. 빌리나는 우리 친구예요. 그러니 우리와 함께 갑니다."

도로시가 위엄 있게 말하자 하녀는 더 이상 별다른 말없이 그들을 아름다운 응접실로 이끌었다. 그곳은 스테인드글라스로 장식해서 온 방에 무지갯빛이 가득했다.

"공주님께 누가 왔다고 전해 드릴까요?"

"저는 캔자스에서 온 도로시 게일이고요. 이분은 로봇 똑딱이고, 누런 암탉은 제 친구 빌리나예요."

작은 하녀는 인사하고 물러나서 복도를 몇 개 지나 두 개의 대리석 계단을 오른 뒤 공주가 있는 방 앞에 섰다.

랑귀데르 공주의 방은 온통 거울로 둘러싸여 있었다. 바닥은 특별히 윤이 나는 은으로 되어 있었다. 공주는 소파에 앉아 만돌린을 연주하며 벽과 천장, 바닥에 비치는 자신의 모습을 감상했다. 하녀가 방에 들어왔을 때 공주는 혼잣말을 하고 있었다.

"이 갈색 머리와 녹갈색 눈동자의 머리는 꽤 매력적이군. 더욱 자주 써야겠어. 내 수집품 중에 최고는 아니지만."

"공주님, 손님이 오셨습니다."

하녀가 고개를 숙이며 말하자 공주가 하품을 하며 물었다.

"누구?"

"캔자스에서 온 도로시 게일과 똑딱과 빌리나이옵니다."

"정말 괴상한 이름들이군! 어떻게 생겼든? 캔자스에서 온 도로시 게일은 예쁘니?"

"꽤 귀엽사옵니다."

"똑딱 씨는 매력적이니?"

"뭐라 말할 수 없습니다, 공주님. 하지만 똑딱 씨는 아주 반짝거립니다. 그들을 만나 보시겠습니까?"

"오, 그러도록 하지. 난다, 난 이 머리를 감상하는 데 질렸어. 방문객이 꽤 귀엽다고 하니 나보다 예쁘면 안 되니까 진열장으로 가서 가장 예쁜 17번 머리를 가져와."

"네, 공주님의 17번 머리가 가장 예쁘옵니다."

난다가 고개를 숙이며 대답하자 공주는 다시 하품을 하며 말했다.

"일어나게 도와줘."

하녀는 자신보다 덩치가 큰 공주가 일어나도록 도와주었다. 공주는 난다의 팔에 기대 은으로 된 바닥을 지나 느릿느릿 진열장까지 갔다.

랑귀데르 공주는 한 달 동안 매일 머리를 바꿀 수 있도록 서른 개의 머리를 가지고 있었다. 하지만 그녀는 목이 하나였기 때문에 한 번에 하나의 머리만 쓸 수 있었다. 이 머리들은 공주의 침실과 거실 사이에 있는 드레스 룸의 진열장에 보관되어 있었다. 진열장 문의 바깥쪽에는 금으로 정교하게 숫자가 세공되어 있고 안쪽에는 테두리가 보석으로 장식된 거울이 있었다.

공주는 아침마다 수정 침대에서 일어나 드레스 룸으로 달려가 금으로 장식된 진열장을 열고 벨벳 위에 놓인 머리를 집어 들어 문 안쪽에 달린 거울을 보며 머리를 똑바로 달고 하녀를 불러 옷을 입었다. 공주는 늘 모든 머리에 잘 어울리는 흰색 드레스를 입었다. 그녀는 원할 때마다 언제나 머리를 바꿀 수 있었기에 항상 같은 얼굴을 하고 있는 다른 여자들과는 달리 옷에 별로 관심이 없었다.

서로 닮지 않은 서른 개의 머리는 모두 아름다웠다. 금색 머리, 갈색 머리, 풍성한 적갈색 머리, 검은 머리 등 오직 회색 머리만 빼고 다 있었다. 파란 눈, 회색 눈, 적갈색 눈, 갈색 눈과 검은 눈 등 오직 붉은 눈만 빼고 다 있었다. 그 눈들은 모두 반짝거리며 예뻤다. 코는 그리스식, 로마식, 들창코와 동양식 등 모든 아름다움을 대표하는 모양이 있었다. 입은 크기와 모양, 웃을 때 반짝이는 치아가 보이는 정도가 모두 달랐다. 뺨에 있는 보조개는 아주 매력적이었고, 한두 개의 머리에는 얼굴에 주근깨가 있어서 피부를 더 탱탱하게 보이게 했다.

이 보물이 담긴 벨벳 진열장은 오로지 붉은 루비로 된 하나의 열쇠로만 열렸다. 그 열쇠는 공주의 왼쪽 손목에 가느다란 체인으로 매달려 있었다.

난다가 17번 장식장 앞으로 랑귀데르를 데려갔다. 루비 열쇠로 문을 연 공주는 자신이 쓰고 있던 9번 머리를 벗어 하녀에게 준 다음 17번 머리를 꺼내 목에 붙였다. 그것은 검은 머리에 검은 눈, 그리고 진주처럼 흰 피부를 가진 머리였다. 랑귀데르는 그 머리를 썼을 때 자신이 가장 눈부시게 아름답다고 느꼈다.

그런데 17번 머리에는 작은 문제가 하나 있었다. 그 머리는 욱하는 성질이 있으며 극단적으로 오만했다. 그래서 공주가 다른 머리를 썼을 때 후회할 만한 일들을 저지르곤 했다.

하지만 랑귀데르 공주는 오늘만은 이 머리를 쓰고 응접실에서 기다리고 있는 손님들을 자신의 미모로 놀라게 하고 싶었다.

얼마 후, 공주는 손님들이 체크무늬 드레스를 입은 어린 소녀와 태엽을 감아야 움직이는 로봇과 누런 암탉인 것을 알아차렸을 때 크게 실망했다. 게다가 누런 암탉은 공주의 자수 바구니 위에 만족스럽게 앉아 있었다.

"오! 나는 무척이나 중요한 사람이 온 줄 알았네."

랑귀데르의 17번 머리가 코를 살짝 찡그리며 말했다.

"그렇게 생각하셨다면 맞아요. 저는 아주 중요한 사람이거든요. 그리고 빌리나는 달걀을 낳고 나서 아주 자랑스럽게 울지요. 그리고 똑딱은……."

"그만, 그만! 그런 말도 안 되는 소리로 나를 짜증나게 하지 마."

"당신은 못된 사람이군요!"

공주가 화가 나서 눈을 번뜩이며 말하자 그런 무례한 대접을 처음

받아 본 도로시가 외쳤다.

공주는 소녀를 쳐다보며 말했다.

"너는 왕가의 사람이냐?"

"그것보다 좋은 거예요. 저는 캔자스에서 왔어요."

"흥! 바보 같은 어린애군. 나를 화나게 하지 마라. 나가서 다른 사람이나 귀찮게 하렴."

순간 도로시는 너무 화가 나서 할 말을 찾지 못했다. 소녀가 의자에서 일어나 방에서 나가려고 할 때 소녀의 얼굴을 바라보던 공주가 부드러운 목소리로 말했다.

"내게 가까이 와 보렴."

도로시가 두려움 없이 공주 앞에 서자 랑귀데르는 소녀의 얼굴을 주의 깊게 살펴보았다.

"너는 꽤 귀엽게 생겼구나. 너도 알다시피 아름답지는 않지만 내가 가진 서른 개의 머리에는 없는 귀염성이 있어. 그러니 나의 26번 머리와 네 머리를 바꾸는 게 어떠니?"

"싫어요!"

"너에게 거절할 권리는 없다. 내가 네 머리를 필요로 하고, 나의 명은 이브의 나라에서 곧 법이다. 26번 머리는 별로 쓰지 않아서 거의 새것과 마찬가지다. 게다가 그 머리는 지금 네가 쓰고 있는 머리만큼 일상적인 일에 잘 작동할 거야."

"저는 당신의 26번 머리에 대해 아무것도 몰라요. 그리고 남이 버린 머리를 원하지도 않아요. 제 머리를 그대로 가지고 있을 거예요."

"거절한다는 거냐?"

"당연하죠."

"그렇다면 내게 복종할 때까지 너를 탑에 가둬 놓겠다. 난다, 군사를 부르도록!"

난다는 은으로 된 종을 울렸다. 그러자 빨간색 제복을 입은 뚱뚱한 대령이 열 명의 말라빠진 군사들을 이끌고 방으로 들어왔다. 그들은 하나같이 슬픈 얼굴을 하고 우울한 태도로 공주에게 경례했다.

"저 소녀를 북쪽 탑으로 끌고 가서 가둬라!"

"알겠습니다."

빨간 제복을 입은 뚱뚱한 대령이 소녀의 팔을 잡아챘다. 하지만 그 순간 똑딱이 양철 저녁 도시락 통으로 대령의 머리를 세게 내리치자 대령은 깜짝 놀란 표정으로 바닥에 털썩 주저앉았다.

"도와줘!"

대령을 돕기 위해 열 명의 군사들이 달려왔다.

잠시 동안 커다란 소요가 있었다. 똑딱은 군사 일곱 명을 쓰러트렸고, 그들은 카펫 이곳저곳에 나뒹굴었다. 하지만 로봇이 도시락 통을 한 번 더 휘두르려는 순간 그는 팔을 들어 올린 채로 움직임이 멈춰 버렸다.

"동-작 태엽이 다 풀렸어요. 빨리 감아 줘요."

소녀는 도와주려고 했지만 그 순간 대령이 일어나 재빨리 그녀를 붙잡아서 빠져나올 수 없었다.

"상-황이 안 좋군요. 나는 원-래 여섯 시간 정-도는 더 작-동하는데, 오늘은 오래 걸은 데다가 바-퀴들과 싸우느라 평-소-보다 빨-리 태엽이 풀린 것 같아요."

도로시가 한숨을 내쉬며 말했다.

"어쩔 수 없지."

공주가 물었다.

"나와 머리를 바꾸겠느냐?"

"싫어요, 절대로!"

"당장 소녀를 가둬라."

랑귀데르가 명령하자 군사들이 성의 북쪽에 있는 높은 탑 안에 도로시를 가둬 버렸다. 그런 다음 군사들은 똑딱을 들어 올리려고 했지만 너무 무거워서 꿈쩍도 하지 않았다. 그래서 그들은 응접실 한가운데에 똑딱을 내버려 두었다.

"사람들이 내가 새로운 조각상을 들인 줄 알겠군. 상관없어, 난다가 항상 로봇을 깨끗이 닦아 놓겠지, 뭐."

"암탉은 어찌할까요?"

"닭장에 넣어 둬. 나중에 아침으로 먹어야지."

"좀 질겨 보이는데요, 공주님."

그러자 대령의 팔에 안겨 버둥거리던 빌리나가 말했다.

"말도 안 돼! 나 같은 품종의 닭은 모든 공주들에게 독이래."

"그렇다면 저 닭을 튀겨 먹는 건 관두고 대신 알을 먹지 뭐. 하루라도 달걀을 빠트리는 날에는 말 여물통에 빠트려 익사시키겠어."

7
도로시를 구하러 온 오즈마 공주

난다는 도로시에게 저녁식사로 빵과 물을 가져다주었다. 소녀는 베개 하나와 얇은 이불을 덮고 딱딱한 돌침대 위에서 잠들었다.

아침에 일어난 소녀는 창문 밖을 내다보며 탈출할 방법을 생각해보았다. 탑은 캔자스의 현대적인 건물에 비해 그리 높지 않았지만, 나무나 농가보다는 꽤 높아서 나라를 둘러볼 수 있을 만큼 전망이 좋았다. 동쪽으로는 숲이 보였고, 그 너머에는 모래사장이 있는 바다가 보였다. 해변의 검은 점은 소녀가 이 나라에 도착할 때 타고 온 닭장인 것 같았다. 북쪽을 보니 그곳에는 두 개의 바위산 사이로 좁은 계곡이 있었다. 그리고 계곡의 끝을 세 번째 산이 막고 있었다. 서쪽으로는 이브의 비옥한 땅이 펼쳐져 있는데, 성으로부터 얼마 못 가 끝도 없이 펼쳐진 모래사막이 나왔다. 소녀는 그 사막이 바로 오즈의 나라와 그녀를 가로막은 사막이라고 생각했다. 자신 말고는 누구도 그 위험한 사막을 건넌 사람이 없다고 생각하니 슬퍼졌다.

회오리바람이 소녀를 오즈의 나라로 데려갔다가 돌아올 때는 마법의 은 구두가 사막을 건너게 해 주었다. 하지만 지금 소녀는 태풍이나 은 구두의 도움을 받을 수 없는 상황이었다. 잘 사용하지 않는 자신의 머리와 소녀의 머리를 바꾸자는 공주의 말을 거역해서 소녀는 포로가 되고 말았다.

오즈에 있는 그녀의 오랜 친구에게 도움을 요청할 방법이 전혀 없어 보였다. 소녀는 생각에 잠겨 작은 창문 너머를 바라보았다. 사막에는 살아 움직이는 것이 하나도 없었다. 그런데 바로 그때! 처음에는 보지 못했던 것이 사막에서 움직이고 있었다. 그것은 구름 같았다. 그것은 다시 은색 점처럼 보였다. 그리고 그것은 이제 소녀 쪽으로 재빨리 움직이는 무지개 같았다.

'저건 뭘까?'

소녀는 궁금해졌다. 어느새 정체 모를 그것은 눈에 잘 보이는 거리까지 다가왔다. 소녀는 눈을 크게 떴다. 널찍한 녹색 카펫이 사막 위를 날고 있었다. 카펫 위에는 훌륭한 행렬이 있었다. 맨 앞쪽에는 커다란 사자와 호랑이가 호흡이 잘 맞는 말처럼 어깨를 맞대고 금으로 된 커다란 전차를 끌며 기품 있게 달려오고 있었다. 전차 위에는 은실로 짠 망토를 걸치고 앙증맞은 머리에 보석으로 된 왕관을 쓴 아름다운 소녀가 서 있었다. 소녀는 한쪽 손에는 호랑이와 사자를 묶은 리본을, 다른 손에는 다이아몬드가 촘촘히 박힌 O와 Z 글자가 달린 상아색 지팡이를 들고 있었다. 소녀는 도로시와 나이가 비슷해 보였다. 도로시는 전차 위의 사랑스러운 소녀가 똑딱에게서 들은 오즈마 공주일 것이라고 생각했다.

도로시는 전차 뒤로 오랜 친구 허수아비가 마치 살아 있는 말처럼 자연스럽게 달리는 나무로 된 목마를 타고 오는 것을 보았다. 그 뒤로 양철 나무꾼이 보였다. 그는 깔때기 모양의 모자를 한쪽으로 삐딱하게 쓰고 빛나는 도끼를 어깨에 걸치고 있었다. 그는 처음 만났을 때처럼 온몸이 번쩍번쩍 빛났다.

양철 나무꾼은 스물일곱 명의 군사들을 이끌고 행진했다. 군사들 몇몇은 날씬했고, 몇몇은 뚱뚱했다. 어떤 이는 키가 작았고, 어떤 이는 키가 컸다. 모두들 멋진 군복을 입고 있었지만 색깔이나 디자인은 어느 하나 비슷한 것이 없었다. 군사들이 서 있는 녹색 카펫은 그들이 안전하게 행진할 수 있도록 알아서 계속 앞으로 펴졌다. 그래서 그들은 죽음의 사막에 발을 딛지 않고도 행진할 수 있었다.

도로시는 그것이 마법의 카펫이라는 것을 알 수 있었다. 소녀는 곧 자신이 구출되어 사랑하는 오즈의 친구들, 허수아비와 양철 나무꾼과 겁쟁이 사자를 다시 만날 수 있다는 생각에 가슴이 뛰었다. 소녀는 자신에게 다가오는 오랜 친구들의 용기와 신의를 잘 알고 있었기에 곧 구출되리라는 것을 확신했다. 그리고 오즈의 나라에서 온 새 친구들도 유쾌하고 믿을 만한 사람일 것이라고 생각했다. 아름다운 오즈마로부터 마지막 군사에 이르기까지 긴 행렬이 이브의 초원에 도착하자 카펫은 스스로 돌돌 말리더니 마침내 사라져 버렸다. 전차에 탄 오즈마는 사자와 호랑이를 성으로 향하는 큰길로 몰았다. 곧 다른 이들도 그 뒤를 따랐다. 도로시는 창문을 통해 그 광경을 지켜보았다. 행렬은 성문 앞에 다다라 비로소 멈추었다. 허수아비는 목마에서 내려 문 앞에 걸려 있는 표지판을 읽었다.

허수아비의 위쪽에 있던 도로시는 조용히 있을 수가 없었다.

"나 여기 있어! 도로시가 여기 있어!"

"도로시라고?"

놀란 허수아비가 위를 올려다보다가 중심을 잃고 비틀거렸다.

"캔자스에서 온 네 친구 도로시 게일이야!"

"안녕, 도로시! 너 거기서 뭐 하고 있는 거야?"

허수아비가 말했다.

"아무것도 안 해. 아무것도 할 수 없거든. 나 좀 구해 줘! 친구."

"넌 안전해 보이는걸?"

"나는 죄수라 여기 갇혀 있는 거야. 그러니 나 좀 꺼내 줘."

"괜찮아, 더 안 좋은 일도 있잖아. 도로시, 너는 물에 빠지지도 않았고, 바퀴에게 쫓기거나 나무에서 떨어지지도 않았지. 거기 있는 것이

오히려 나을지도 몰라."

"나는 별론데. 난 얼른 나가서 너와 양철 나무꾼이랑 겁쟁이 사자를 만나고 싶어."

"좋아, 네가 말한 대로 할게. 그런데 누가 너를 가뒀어?"

"못된 랑귀데르 공주야."

전차에 타고 있던 오즈마가 둘의 대화를 듣고 도로시를 향해 물었다.

"왜 공주가 너를 가뒀지?"

"왜냐하면 공주가 자신의 머리 수집품 중에 오래된 머리 하나와 내 머리를 바꾸자고 했는데 내가 거절했기 때문이야."

"네 잘못은 아니구나. 당장 공주를 만나서 너를 풀어 주라고 할게."

"오, 정말 고마워!"

도로시는 오즈 군주의 달콤한 목소리를 듣는 순간 그녀를 아주 좋아하게 되리라는 것을 깨달았다.

오즈마는 자신이 탄 전차를 건물의 세 번째 문 앞으로 몰고 갔다. 그러자 양철 나무꾼이 문을 세게 두드렸다. 하녀가 문을 열고 나오자 오즈마는 손에 상아색 지팡이를 들고 사자와 호랑이를 제외한 일행을 모두 이끌고 응접실로 들어갔다. 군사들이 시끄러운 소리를 내며 안으로 들어오자 난다는 비명을 지르며 랑귀데르 공주에게 달려갔다. 침입자들이 무례하게 자신의 성에 들이닥친 것에 화가 난 공주는 부축해 주는 사람도 없이 한달음에 응접실로 달려왔다.

랑귀데르 공주는 작고 여린 오즈의 어린 소녀에게 소리를 질렀다.

"어떻게 내 성에 허락도 받지 않고 들어올 수 있지? 당장 이 방에서 나가, 그러지 않으면 너희들을 사슬로 묶어서 어두컴컴한 지하 감옥에 가둘 것이야!"

그러자 허수아비가 부드러운 목소리로 중얼거렸다.

"정말 못된 여자네!"

양철 나무꾼이 대꾸했다.

"약간 신경질적인 것 같아."

오즈마는 화가 난 공주를 보며 미소를 지을 뿐이었다.

"앉으세요. 난 당신을 만나려고 먼 길을 달려왔어요. 먼저 내가 하는 말을 잘 들으세요."

오즈마가 말하자 아직 17번 머리를 쓰고 있던 공주가 검은 눈을 번득이며 소리를 질렀다.

"들어라? 감히 내게 앉아서 들으라고?"

"나는 오즈의 통치자입니다. 그리고 당신의 왕국을 파괴할 만한 힘을 가지고 있습니다. 하지만 나는 해를 끼치기 위해 이곳에 온 것이 아닙니다. 놈 왕의 노예로 있는 이브의 왕족들을 구출하기 위해 왔습니다. 놈 왕이 여왕과 아이들을 붙잡고 있다고 들었습니다."

오즈마의 말을 들은 랑귀데르는 갑자기 조용해졌다.

"정말로 내 고모와 열 명의 사촌들을 구해 주셨으면 좋겠어요. 그들이 원래 모습으로 돌아와서 이브 왕국을 통치한다면 나는 많은 걱정거리와 문제들로부터 벗어나겠죠. 요즘은 내 모습을 볼 시간이 하루에 십 분밖에 없어요. 나는 하루 종일 내 아름다운 얼굴만 보며 살고 싶거든요."

랑귀데르가 간청하듯 말하자 오즈마가 대답했다.

"그러면 이제 그 문제에 대해 의논해 보도록 하지요. 당신의 고모와 사촌들을 자유롭게 할 방법을 찾아봅시다. 하지만 그전에 다른 죄수를 풀어 줘야겠어요. 당신이 탑에 가둔 소녀를요."

"당연하죠. 그 소녀에 대해서는 까맣게 잊고 있었어요. 바로 어제 일인데……. 당신도 알다시피 공주는 어제 일을 잘 기억하지 못하죠. 같이 가서 소녀를 풀어 주도록 해요."

오즈마는 랑귀데르를 따라 탑으로 갔다.

그들이 탑으로 간 사이 일행은 응접실에 남아 있었다. 허수아비는 구리로 된 동상에 기대 있었는데, 그곳에서 갑자기 기계음이 들렸다.

"내 발-을 밟-지 말아 주세요."

허수아비는 황급히 뒤로 물러서며 말했다.

"오, 미안! 너는 살아 있는 거니?"

"아닙니다, 나-는 로-봇입니다. 하지만 태-엽-만 감아 주면 생각도 할 수 있고, 말도 할 수 있고, 움직일 수도 있습니다. 지금 나의 동-작 태엽이 다 풀려서 그래요. 도-로-시가 열쇠를 가지고 있죠."

"그렇군, 도로시는 곧 풀려날 거야. 그래서 널 움직이게 해 줄 거야. 하지만 살아 있는 게 아니라니 정말 안됐군."

"왜요?"

"왜냐하면 나는 뇌가 있는데 너는 없잖아."

"아니에요, 나도 뇌-가 있어요. 나는 '스미-스 앤 팅-커'사의 복-합 강-철 뇌를 지-니고 있어요. 당신 머리에는 어-떤 뇌가 들어 있나요?"

"나도 몰라. 내 뇌는 오즈의 마법사가 넣어 줬어. 그래서 그전에 뇌를 살펴볼 기회가 없었지. 하지만 아주 잘 작동하고 꽤 양심적이야. 너도 양심이 있니?"

"아니요, 없어요."

그들의 대화를 흥미롭게 듣고 있던 양철 나무꾼이 물었다.

"심장도 없겠지?"

"없어요."

"그렇다면 너는 나와 내 친구 허수아비에 비해 한참 열등하구나. 허수아비는 태엽을 감지 않아도 작동하는 뇌를 가지고 있고, 나는 내 가슴속에 콩닥콩닥 뛰고 있는 위대한 심장을 가지고 있으니까."

"그렇다니 잘-됐-군-요. 내가 열-등-하-다 해도 어쩔 수 없습-니

다. 나는 다-만 로-봇인걸요. 태-엽-이 감기면 나는 기-계-적-으로 할 일을 할 뿐입니다. 당신은 내가 얼-마나 복-잡-한 기-계로 이루어져 있는지 모-를 겁니다."

허수아비가 로봇을 흥미로운 눈길로 바라보며 말했다.

"알 것 같아. 언젠가 너를 분해해서 어떻게 만들어졌는지 보고 싶어."

"부탁-하건대 그러지 마세요. 나를 다시 조-립-하지 못할 거예요. 그러면 나는 쓸모-없는 고-철-덩어리가 되겠죠."

허수아비가 놀라며 물어보았다.

"오, 지금은 쓸모 있나 봐?"

"아-주 쓸모 있습니다."

허수아비가 친절한 목소리로 약속했다.

"그렇다면 너를 분해하지 않겠어. 나는 기계에 약하거든."

"고맙습니다."

그때 도로시의 손을 잡고 오즈마와 랑귀데르가 방으로 들어왔다.

8
배고픈 호랑이

도로시는 허수아비를 보자마자 달려가서 짚으로 채워진 가슴이 쭈그러들도록 꽉 껴안았다. 헝겊으로 된 허수아비의 얼굴이 기쁨으로 빛났다. 양철 나무꾼은 너무 세게 안으면 소녀가 다칠까 봐 부드럽게 안았다.

오랜 친구들과 인사를 나눈 도로시는 열쇠를 꺼내 다른 일행과 인사할 수 있도록 똑딱의 동작 태엽을 감아 주었다. 그동안 도로시는 일행에게 똑딱이 도와준 일을 말해 주었고, 허수아비와 양철 나무꾼은 로봇과 악수를 나누면서 자신들의 친구를 구해 준 일에 감사를 표했다.

도로시가 물었다.

"빌리나는 어디에 있지?"

도로시의 물음에 허수아비가 다시 물었다.

"몰라, 빌리나가 누군데?"

"내 친구인 누런 암탉이야. 빌리나에게 무슨 일이 생긴 것은 아니겠지?"

그러자 공주가 대답했다.

"암탉은 뒤뜰의 닭장 안에 있어. 내 응접실에 암탉을 둘 순 없지."

도로시는 잠시도 망설이지 않고 밖으로 달려 나갔다. 소녀는 문밖에서 아직 전차에 매여 있는 겁쟁이 사자와 배고픈 호랑이를 만났다. 겁쟁이 사자는 귀 사이의 갈기에 커다란 파란색 리본을 매고 있었고, 호랑이는 꼬리 끝에 빨간색 리본을 매고 있었다.

도로시는 커다란 사자를 기쁘게 껴안았다.

"다시 만나서 기뻐!"

"나도 다시 만나서 반가워, 도로시. 우리는 함께 위대한 모험을 했지. 안 그래?"

"그랬지, 어떻게 지냈어?"

"전처럼 겁쟁이로 지냈지 뭐. 작은 동물들이 나를 무섭게

대하면 심장이 쿵쿵 뛰어. 참, 내 친구 배고픈 호랑이를 소개해 줄게."

"오! 너 배고프니?"

소녀가 마침 크게 하품을 하면서 누구라도 깜짝 놀랄 만한 무서운 이빨을 드러낸 짐승을 향해 물었다.

"정말로 배고파."

호랑이가 입을 쩍 닫으며 말했다.

"그럼 뭘 좀 먹지 그래?"

"그래 봤자 소용없어. 먹어도 먹어도 항상 배고파."

"나도 마찬가지인걸? 그래도 나는 늘 먹어."

"하지만 너는 살아 있는 것들을 먹지 않으니까 괜찮겠지. 나는 무서운 짐승이라서 원숭이부터 통통한 아기까지 살아 있는 불쌍한 작은 생물들은 다 먹어."

"끔찍해라!"

배고픈 호랑이가 붉고 긴 혀로 입술을 핥으며 대답했다.

"그렇지? 살찐 아기라니! 정말 군침이 도는 단어야. 하지만 먹은 적은 없어. 내 양심이 그건 잘못된 일이라고 말해 줬거든. 만약 내게 양심이 없다면 나는 아마 아기들을 먹었을 거고, 불쌍한 아기들의 희생에도 불구하고 또 배가 고파졌겠지. 나는 배고프게 태어났고, 배고픈 상태로 죽을 거야. 하지만 내 양심에 대고 후회할 만한 잔인한 짓은 하지 않겠어."

"넌 정말 착한 호랑이구나."

도로시가 커다란 짐승의 머리를 쓰다듬자 호랑이가 말했다.

"그렇진 않아. 나는 착한 짐승일지는 몰라도 호랑이로서는 낙제야. 호랑이는 본래 잔인하고 사나워서 작은 생명체를 먹는 것을 거절하지 않아야 하거든. 나는 호랑이의 본성을 거스르고 있어. 그래서 내가 숲을 떠나 겁쟁이 사자와 친구가 된 거야."

"하지만 사자는 실제로 겁쟁이가 아닌걸? 나는 사자가 용감한 행동을 하는 것을 본 적이 있어."

그때 사자가 진지하게 말했다.

"잘못 알고 있는 거야. 다른 이들에게는 용감하게 보였을지 몰라도 그때 나는 내 인생에서 그렇게 무서웠던 적이 없었어."

"나도 그랬어. 나 이제 빌리나를 구출하러 가야겠다. 그러고 나서 다시 보자."

소녀는 궁전의 뒷마당에 있는 닭장으로 달려갔다. 닭장 안에서는 닭싸움이라도 벌어졌는지 시끄러운 소리가 들려왔다. 도로시가 문 칸막이 사이로 들여다보니 깃털 뭉치가 닭장 여기저기를 굴러다니고 있었다. 암탉과 수탉 무리는 한쪽 구석에서 그것을 지켜보고 있었다. 도로시는 닭들의 소리가 너무나 시끄러워서 처음에는 그것이 무엇인지 잘 알 수가 없었다. 그때 갑자기 깃털 뭉치가 구르는 것을 멈추었다. 그러자 놀랍게도 얼룩덜룩한 수탉 위에 웅크리고 있는 빌리나가 보였다. 누런 암탉은 날개를 털어 깃털을 정리하고는 유유히 문 쪽으로 걸어왔다. 얼룩 수탉은 땅에 날개를 질질 끌며 다른 닭들에게로 돌아갔다.

도로시가 놀란 목소리로 물었다.

"세상에, 빌리나! 싸운 거야?"

"싸웠지! 너는 감히 저 날라리 얼룩 수탉이 나를 올라타고 여긴 자기 구역이라고 소리치게 가만히 두라는 거야? 아직 내가 쪼고 할퀼 수 있는데도 불구하고? 내 이름이 빌인 이상 그럴 수는 없지."

"넌 빌이 아니라. 빌리나야 그리고 너, 속어를 쓰고 있어. 그건 아주 품위 없는 말이야."

도로시가 꾸짖듯이 말했다.

"이리 와, 꺼내 줄게. 오즈의 오즈마가 우리를 구해 줬어."

누런 암탉이 문 쪽으로 다가오자 도로시가 빗장을 풀어 주었다. 그 동안 다른 닭들은 구석에서 조용히 그들을 노려보았다.

소녀는 친구를 들어 올리며 말했다.

"오, 빌리나! 정말 끔찍하구나. 깃털이 많이 빠졌어. 그리고 한쪽 눈도 다쳤네. 볏에도 피가 흘러."

"이건 아무것도 아니야. 저 얼룩 수탉을 봐! 내가 그 수탉을 깔아뭉

개는 거 봤어?"

도로시가 머리를 가로저었다.

"이런 싸움으로는 아무것도 보여 줄 수 없어. 평범한 닭들과 어울리는 것은 좋지 않아. 그 닭들은 너의 좋은 성품을 망가트릴 거고, 그럼 넌 존중받지 못할 거야."

"난 그들과 어울릴 생각 따위 없어. 이게 다 늙은 공주 탓이야. 나는 미국에서 자랐으니까 이브 왕국의 어떤 닭이라도 나를 발밑에 깔아뭉개는 걸 용납할 수 없어. 내가 발톱을 세우는 건 정당방위야."

"좋아, 빌리나. 우리 그 얘긴 그만하자."

소녀는 겁쟁이 사자와 배고픈 호랑이가 있는 곳으로 가서 누런 암탉을 소개했다.

사자가 예의 바르게 말했다.

"도로시의 친구라면 누구든 환영이야. 네 모습으로 봐선 넌 나처럼 겁쟁이는 아니구나."

배고픈 호랑이가 빌리나를 음흉하게 바라보며 말했다.

"네 모습을 보니 입에 군침이 도는군. 오, 너를 내 입속에 넣고 으깨면 얼마나 맛있을까. 하지만 걱정 마. 넌 간에 기별도 안 가니까. 내가 널 먹어 봤자 별 소용없겠지."

암탉이 도로시의 품으로 파고들면서 말했다.

"고맙군."

"게다가 그건 옳지 않은 일이니까."

배고픈 호랑이가 빌리나를 바라보고 입을 쩝쩝 다시며 말하자 도로시가 대답했다.

"당연하지. 빌리나는 내 친구야. 그러니까 어떤 상황에서도 절대 빌리나를 먹지 마."

"그 사실을 기억하도록 할게. 난 가끔 정신을 놓을 때가 있긴 하지만."

도로시는 성 안의 응접실로 암탉을 데려갔다. 똑딱은 오즈마의 환영을 받으며 허수아비와 양철 나무꾼 사이에 앉아 있었다. 반대편에는 오즈마와 랑귀데르 공주가 도로시가 앉을 빈 의자를 사이에 놓고 앉아 있었다.

도로시는 그들을 호위하고 있는 스물일곱 명의 군사들의 멋진 제복을 보며 말했다.

"어머, 다들 장교처럼 보이네요."

"한 명만 빼고 다 장교야."

양철 나무꾼이 대답했다.

"내 군대에는 여덟 명의 장군과 여섯 명의 대령, 일곱 명의 소령과, 다섯 명의 병장과 한 명의 이등병이 있어. 나는 이등병을 승진시키는 것을 좋아해. 장교들이 일반 병사들보다는 더 잘 싸우거든. 게다가 장교들은 더 중요해 보여서 내 군대에 위엄을 더해 주지."

"네 말이 맞아."

도로시가 오즈마 옆에 앉으며 말했다.

"자, 이제 동화의 나라 이브의 왕족들을 기나긴 감금 상태에서 구출할 방법을 의논해 봅시다."

오즈의 군주가 말했다.

9
이브의 왕족

양철 나무꾼이 먼저 말을 꺼냈다.

"우리의 위대하고 고귀하신 군주 오즈마의 말처럼 이브의 이전 왕 이볼도의 아내와 다섯 명의 아들과 다섯 명의 딸들은 놈 왕에게 잡혀 지하 왕국에 갇혀 있습니다. 이브의 누구도 그들을 구출할 수 있는 힘이 없습니다. 그래서 우리의 오즈마가 불쌍한 죄수들을 구출할 모험을 감당하기로 한 겁니다. 하지만 오랫동안 두 나라 사이에 있는 거대한 사막을 건널 방법을 찾지 못했습니다. 결국 오즈마는 친절한 마법사인 착한 마녀 글린다에게 가서 이 이야기를 했고, 글린다는 스스로 끝이 말리고 펴지는 카펫을 주어서 사막을 편안히 건널 수 있게 해 주었습니다. 카펫을 받자마자 우리의 자애로우신 오즈마는 군대를 소집하였습니다. 지금 이 자리에 있는 오즈에서 가장 뛰어난 용감한 군사들을 보실 수 있을 겁니다. 우리가 놈 왕과 싸워야만 한다면 모든 장교들은 이등병과 마찬가지로 죽을 때까지 싸울 것입니다."

그때 똑딱이 말을 꺼냈다.

"놈 왕-은 아무 잘-못도 없는-데 왜 놈 왕-과 싸워-야 하나-요?"

도로시가 소리쳤다.

"잘못한 게 없다니! 여왕과 열 명의 아이들을 감금한 것이 잘못 아니니?"

"이-볼-도 왕이 가족-들을 놈 왕-에게 팔아-넘긴 겁니다. 잘못한 건 이브의 왕-이죠. 그는 잘못을 깨-닫-고 스스-로 바다-에 뛰어-들었어요."

똑딱의 말을 들은 오즈마가 말했다.

"그건 처음 듣는 이야기야. 난 놈 왕이 나쁜 사람인 줄로만 알았어. 어쨌든 놈 왕은 포로들을 풀어 줘야만 해."

이번에는 랑귀데르 공주가 말했다.

"그가 가족들을 팔아넘기기 전에 바다에 뛰어들었다 해도 아무도 신경 쓰지 않았을 거예요. 하지만 그는 놈 왕에게 가족들을 넘기고 영생과 바꿨죠. 그리고 가족과 맞바꾼 영생을 바다에 뛰어들어 소용없게 만들었어요."

오즈마가 물었다.

"그렇다면 그는 영생을 얻지 못했으니 놈 왕은 포로들을 풀어 줘야만 해요. 그들은 어디에 갇혀 있죠?"

공주가 대답했다.

"아무도 정확히는 몰라요. 우리 나라의 북쪽 끝에 있는 커다란 산 지하에 멋진 성을 소유하고 있는 바위의 왕인 놈 왕이 자신의 방을 장식하기 위해 여왕과 아이들을 장식품으로 변신시켰다고 해요."

도로시가 말했다.

"놈 왕이 어떤 사람인지 알고 싶어."

"내가 말해 줄게."

오즈마가 대답했다.

"그는 지하 세계의 통치자로 모든 바위와 바위산을 다스려. 그의 통치 아래 수천의 놈 족들이 있어. 그들은 도깨비처럼 생겼지만 강한 힘을 가진 요정들이야. 그들은 왕의 용광로와 대장간에서 금과 은, 다른 금속들을 만들어서 바위틈에 숨겨 놓지. 그래서 땅 위에 사는 사람들은 그것들을 발견하기가 무척이나 어려워. 그들은 다이아몬드와 루비와 에메랄드도 만들어서 땅속에 숨겨 두지. 그래서 놈 왕국은 아주 부자야. 우리가 가진 모든 보석과 금과 은은 놈 왕이 땅과 바위에 숨겨 놓은 것들이지. 우리가 땅에 묻힌 그의 보물을 훔쳐 간다는 이유로 지하 세계의 통치자는 땅 위에 사는 사람들을 싫어하고 우리 앞에 모습을 드러내지도 않아. 우리가 바위의 왕을 만나기 위해서는 그가 살고 있는 왕국으로 가야만 해. 이건 아주 위험한 모험이 될 거야."

도로시가 말했다.

"하지만 불쌍한 이브의 왕족들을 위해서 우리는 가야 해."

옆에 있던 허수아비가 말했다.

"우리도 갈 거야. 나는 짚으로 만들어졌기 때문에 불꽃 하나만 튀어

도 완전히 끝장나지. 놈 왕의 용광로에 가려면 많은 용기가 필요하겠지만 나는 가겠어."

양철 나무꾼이 말했다.

"용광로는 내 양철을 녹일지도 몰라. 하지만 나도 가겠어."

랑귀데르 공주가 나른한 듯 하품을 하며 말했다.

"나는 뜨거운 것은 못 견뎌요. 그러니 나는 여기 남아 있을래요. 하지만 임무가 성공하길 빌게요. 나는 이 바보 같은 나라를 통치하는 일에 질렸거든요. 내 아름다운 얼굴이나 즐기면서 살고 싶어요."

오즈마가 말했다.

"우린 당신이 필요 없어요. 만약 내 용감한 친구들의 도움으로도 이 임무를 완수할 수 없다면 당신이 이 모험에 따라온다 해도 소용없을 거예요."

공주가 한숨을 쉬며 말했다.

"맞는 말이에요. 그러니, 괜찮다면, 나는 이만 드레스 룸으로 가겠어요. 이 머리를 꽤 오래 쓰고 있었더니 질려서 다른 걸로 바꿔야겠어요."

랑귀데르가 나가고 나서(그녀가 갔다고 해서 아무도 아쉬워하지 않았다.) 오즈마가 똑딱에게 말했다.

"너도 우리와 같이 갈래?"

"나는 나를 구-해 준 도-로-시의 하인입니다. 도로시가 가는 곳이라면 어디라도 갑니다."

도로시가 재빨리 말했다.

"난 당연히 갈 거야. 나는 아무것도 놓치고 싶지 않아. 너도 같이 갈래? 빌리나?"

"당연하지."

빌리나가 깃털을 다듬으며 무심하게 말하자 허수아비가 끼어들었다.

"불꽃이 암탉을 기다리고 있군. 잘 구워진 암탉 말이야."

오즈마가 말했다.

"그럼 내일 날이 밝는 대로 놈 왕국으로 떠나도록 하죠. 그동안 휴식을 취하고 여행 준비를 합시다."

랑귀데르 공주는 손님들에게 다시 모습을 드러내지 않았다. 대신 하인들이 오즈에서 온 손님들이 편안하게 쉴 수 있도록 시중을 들어 주었다. 궁전 안에는 빈 방이 많아서 스물일곱 명의 용감한 군사들도 쉴방을 제공받고 후하게 대접받았다.

겁쟁이 사자와 배고픈 호랑이는 전차에서 풀려나 성 주변을 어슬렁거리며 돌아다니다가, 그럴 의도는 없었지만, 하인들을 겁주었다. 도로시는 작은 난다가 배고픈 호랑이 앞에서 공포에 질려 비명을 지르고 있는 것을 보았다.

"너 정말 맛있어 보이는구나. 너를 먹어도 되겠니?"

"싫어! 안 돼!"

"그렇다면 내게 칠십 인분의 덜 익은 안심 스테이크와 구운 감자를 곁들여서 내오고, 후식으로는 아이스크림 열 통을 가져다 줘."

호랑이가 무섭게 하품을 하며 말하자 난다는 쏜살같이 달려가며 대답했다.

"그렇게 할게!"

호랑이가 슬프게 말했다.

"너는 내 식욕을 모를 거야. 나는 입에서부터 꼬리 끝까지 식욕으로 가득 차 있어. 내 몸은 너무 커서 아무리 먹어도 만족하지 못해. 나중에 치과 의사를 만나면 집게로 뽑아 달라고 해야겠어."

도로시가 물었다.

"이빨을?"

"아니, 내 식욕을."

도로시는 오후 시간을 허수아비와 양철 나무꾼과 함께 보내며 자신이 오즈의 나라를 떠난 후 어떤 일이 벌어졌는지 들었다. 소녀는 오즈마가 아기일 때 사악한 마녀에게 납치되어 소년으로 길러졌다는 이야기를 흥미롭게 들었다. 오즈마는 착한 마녀가 원래 모습으로 바꿔 줄 때까지 자신이 소녀라는 사실을 몰랐다. 오즈마는 자신이 오즈 왕족의 유일한 혈육이라는 사실이 밝혀지고 나서야 비로소 왕위를 계승할 수 있었다.

오즈마는 아버지의 왕관을 물려받기 전에 마법 가루로 생명을 얻은 호박 머리 잭과 크게 확대되고 가방끈이 긴 워글 벌레와 나무 작업대로 만든 목마와 많은 모험을 했다. 허수아비와 양철 나무꾼도 오즈마를 도왔다.

하지만 동물들의 왕으로서 숲을 다스리던 겁쟁이 사자는 오즈마가 오즈의 공주 자리를 되찾을 때까지 오즈마에 대해 아무것도 몰랐다고 했다. 겁쟁이 사자는 오즈마를 만나러 에메랄드 시로 갔다가, 오즈마

가 이브의 왕족을 구하기 위해 이브 왕국을 방문한다는 소식을 듣고 친구인 배고픈 사자와 함께 가겠다고 요청했다.

도로시는 친구들의 야야기를 듣고 자신의 모험도 이야기해 주었다. 그러고 나서 친구들과 함께 오즈마가 발굽이 닿지 않도록 금 편자를 달아 준 목마를 만나러 갔다.

목마는 정원의 문 옆에 가만히 서 있었다. 친구들이 도로시를 소개 하자 말은 옹이진 눈을 깜빡이며, 나뭇가지 꼬리를 흔들면서 예의 바 르게 인사했다.

"살아 있다니 정말 놀라운걸?"

"나도 내가 살아 있다는 게 놀라워. 나 같은 건 원래 살아 있을 수 없 지만 마법 가루가 나에게 생명을 주었으니 내 탓은 아니야."

목마가 거칠지만 유쾌한 목소리로 말했다.

"당연히 네 탓이 아니지. 허수아비가 네 등에 타고 오는 것을 봤는데 넌 꽤 쓸모 있는 것 같아."

"맞아, 난 쓸모 있어. 난 결코 지치지도 않고 먹이도 안 먹고 빗질을 안 해 줘도 되거든."

"넌 머리가 좋니?"

"그다지. 평범한 목마가 똑똑할 필요는 없잖아. 교수들이나 머리가 좋으면 되지 뭐. 하지만 '이랴'나 '워' 같은 주인의 말을 듣고 복종하는 건 잘해. 그 정도로 만족해."

그날 밤 도로시는 오즈마의 침실 옆에 있는 작고 편안한 방에서 잠 을 잤다. 빌리나는 도로시의 침대 발치에 올라앉아서 날개에 얼굴을

묻은 채 폭신한 쿠션 위의 도로시만큼 편안하게 잠들었다.

모두들 해가 뜨기 전에 일어나서 궁전의 커다란 식당에 모여 서둘러 아침을 먹었다. 오즈마는 오른쪽에 도로시, 왼쪽에 허수아비를 앉히고 기다란 식탁의 머리 쪽에 앉았다. 오즈마는 식사를 하는 동안 음식을 먹지 않는 허수아비에게 여행에 대해 조언을 구했다.

식탁 아래쪽에는 스물일곱 명의 오즈의 군사들이 앉아 있었고, 방 구석에서 사자와 호랑이가 바닥에 놓인 대접에 있는 먹이를 먹는 동안 빌리나는 파닥거리며 떨어진 음식 부스러기를 쪼아 먹었다.

식사가 금방 끝나자 일행은 사자와 호랑이에게 전차의 마구를 매고 놈 왕의 성으로 가기 위한 준비를 마쳤다.

오즈마가 먼저 한쪽 팔에 빌리나를 든 도로시와 함께 전차에 올랐다. 다음에 허수아비가 목마를 타고 따라갔고, 양철 나무꾼과 똑딱이 허수아비의 뒤를 나란히 따라갔다. 그 뒤로 화려한 제복을 입고 발을 맞춰 행진하는 군사들이 용감하고 멋지게 행렬을 지어 걸었다. 장군은 대령에게, 대령은 소령에게, 소령은 병장에게, 병장은 이등병에게 행군을 명령했다. 이등병은 많은 장교들에게서 명령을 받아 기합이 바짝 들어가 있었다.

이 훌륭한 행렬은 떠오르는 해와 함께 궁전을 떠나 놈 왕의 땅인 계곡을 향해 갔다.

10
망치를 든 거인

행렬은 아름다운 농장이나 소풍 가기에 딱 좋은 숲을 지나갔다. 빌리나가 소리를 지르기 전까지 행렬은 계속해서 앞으로 행진했다.

"잠깐, 잠깐!"

오즈마의 전차가 갑자기 멈춰 서는 바람에 목마와 허수아비는 하마터면 전차에 부딪힐 뻔했다. 스물일곱 명의 군사들은 우르르 넘어졌다. 누런 암탉은 도로시의 팔에서 빠져나와 길가에 있는 수풀로 들어갔다.

"무슨 일이야?"

양철 나무꾼이 걱정스럽게 묻자 도로시가 말했다.

"빌리나가 알을 낳고 싶은가 봐."

"알을 낳는다고!"

"응, 빌리나는 매일 아침 이때쯤 알을 낳아. 정말 신선하지."

"하지만 중요한 모험을 하기 위해 모인 행렬을 네 바보 같은 닭이 겨우 알을 낳기 위해 멈추게 해도 되는 거야?"

"그럼 어떡해? 이건 빌리나의 습성이고, 빌리나 스스로도 어쩔 수 없는걸?"

"그렇다면 빨리 알을 낳든가."

양철 나무꾼이 조바심치며 말했다.

"아니야, 아니야! 서두르다간 으깨진 달걀 요리가 나올지도 몰라."

허수아비가 말했다.

"그건 말도 안 돼. 하지만 빌리나는 금방 알을 낳을 거야."

결국 행렬은 멈춰서 어정쩡하게 기다렸다. 누런 암탉이 곧 수풀에서 나왔다.

"_꼬꼬댁! 꼬꼬꼬, 꼬꼬댁!_"

"뭐라는 거야? 알 낳는 노래인가?"

허수아비가 물었다.

"앞으로, 전진!"

양철 나무꾼이 도끼를 휘두르며 말하자 행진이 계속되었다. 빌리나는 다시 도로시의 팔에 안겨 말했다.

"내 알 가질 사람 없어?"

"내가 가질게."

허수아비가 말했다. 허수아비는 목마를 타고 수풀로 들어가 알을 찾아 재킷 주머니에 넣었다. 그러는 사이 행렬이 저만치 앞서 갔지만, 목

마가 금방 따라잡아서 허수아비는 곧 오즈마의 전차 바로 뒤에서 따라갈 수 있었다.

"이 알로 뭘 하지?"

허수아비가 도로시에게 물었다.

"나도 모르겠어. 배고픈 호랑이에게 먹이로 주는 건 어떨까."

"간에 기별도 안 갈 거야. 그런 작은 달걀로 내 식욕을 채우려면 삶아서 한 드럼통은 줘야 할걸? 달걀 하나로는 어림도 없지."

배고픈 호랑이가 말했다.

"스펀지케이크도 못 만들 양이야. 기념품으로 갖지 뭐."

허수아비는 달걀을 호주머니에 넣어 두었다.

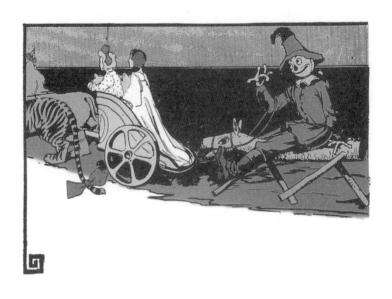

그들은 이제 도로시가 탑의 창문으로 보았던 두 개의 바위산 사이의 계곡에 다다랐다. 저 멀리 계곡을 막고 있는 세 번째 산이 이브 왕국의 북쪽 경계였다. 그 산의 아래에 놈 왕의 성이 있다고 했다. 하지만 그곳까지 가는 데에는 시간이 좀 걸릴 것 같았다.

길은 전차가 지나가기에 너무 울퉁불퉁했다. 게다가 얼마 못 가서 뛰어넘을 수 없는 넓은 절벽이 나왔다. 오즈마는 호주머니에서 작은 녹색 손수건 같은 것을 꺼내더니 땅에 펼쳐 놓았다. 손수건은 금방 마법 카펫이 되어 모든 행렬이 걸어갈 만큼 긴 길이로 펴졌다. 전차가 앞으로 나아가자 카펫이 저절로 펼쳐졌다. 모두들 카펫 위를 걸어서 무사히 절벽을 건넜다.

"정말 식은 죽 먹기군. 다음엔 무슨 일이 일어날까?"

허수아비의 궁금증은 금방 해결되었다. 산에 가까워질수록 길은 점점 좁아져서 오즈마 일행은 결국 한 줄로 갈 수밖에 없었다. 계곡으로 들어서자 "텅! 텅! 텅" 하고 낮게 울리는 소리가 점점 크게 들려왔다. 바위 모퉁이를 돌아 보니 30미터쯤 되는 커다란 형체가 길 위에 서 있었다. 그것은 철로 만든 거인이었다. 거인은 좁은 길 양쪽에 한 발씩 디디고 서서 거대한 쇠망치를 오른쪽 어깨 위로 들었다가 땅에 내리치기를 반복했다. 드럼통보다 큰 쇠망치는 일행이 지나는 길 바로 위로 내리치고 있었다. 일행은 무서운 쇠망치로부터 안전한 거리에서 멈춰 섰다. 망치 앞에서는 마법 카펫도 소용없었다. 카펫은 발아래의 위험에서 지켜줄 뿐이지 머리 위의 위험을 보호해 주지는 못했다.

"와우! 내 머리 근처에서 저렇게 큰 망치를 쳐 대니 정말 긴장되는

걸? 한번 맞으면 바로 사자 가죽으로 만든 현관 매트가 되어 버리겠어."

겁쟁이 사자가 떨면서 말했다.

"철-로 된 저 거-인은 아주 잘 만들어진 친-구예요. 시계처럼 끊-임-없이 작동하지요. 나를 만든 '스미스 앤 팅-커'사에서 놈 왕의 의뢰를 받아서 만들었어요. 거인의 임-무는 사람들로부터 지-하 궁-전-을 지-키는 거예요. 정말 예-술적이지요?"

똑딱이 설명하자 오즈마가 놀란 눈으로 거인을 바라보며 물었다.

"거인도 너처럼 생각하고 말할 수 있니?"

"아니요, 거인은 단지 망-치로 땅을 치도록 만들어-졌어요. 생-각하거나 말-하는 기-능은 없답니다. 하지만 망-치질은 아-주 잘하지요."

"망치질을 너무 잘하는군. 거인이 더는 우리를 앞으로 갈 수 없게 하고 있어. 저 기계를 멈출 방법은 없어?"

허수아비가 물었다.

"놈 왕만이 거인을 멈추는 열쇠를 가지고 있어요."

"그러면 우리는 이제 어떡하지?"

도로시가 걱정스럽게 말했다.

"잠깐만 내게 생각할 시간을 줘."

허수아비는 바위가 있는 쪽으로 뒤돌아서 생각하기 시작했다.

그동안 거인은 계속 망치를 높이 들었다가 대포 소리 같은 굉음을 내면서 땅으로 내리쳤다. 쇠망치가 하늘로 올라갈 때마다 괴물의 아래로 지나갈 만한 길이 보였다. 허수아비는 그것을 눈치채고 일행에게 말했다.

"문제는 아주 간단해. 거인이 저 망치를 위로 들었을 때 한 번에 한 명씩 지나가면 돼. 망치가 다시 내려오기 전에 저쪽으로 가야 해."

양철 나무꾼이 머리를 끄덕이며 말했다.

"망치에 맞지 않으려면 그 방법밖에 없겠군. 하지만 재빨리 지나가야겠는걸? 누가 먼저 할래?"

그들은 망설이는 눈길로 서로를 쳐다보았다. 그때 겁쟁이 사자가 사시나무 떨듯 말했다.

"내가 행렬의 제일 앞에 있으니까 먼저 갈게. 하지만 저 커다란 망치는 정말 무서워."

오즈마가 말했다.

"그럼 나는 어떡하지? 너는 망치 아래를 안전하게 지나갈 수 있겠지만 전차는 분명히 망치에 찌그러지고 말 거야."

허수아비가 말했다.

"전차는 놔두고 가. 소녀들은 사자와 호랑이의 등에 타고 가면 돼."

오즈마는 전차에서 사자를 풀어 등에 올라타고 계곡을 지나갈 준비를 했다.

"갈기를 꽉 잡아. 내가 전에 사자를 타 봤는데 갈

기를 꽉 잡지 않으면 떨어져."

　도로시의 말에 따라 오즈마는 사자의 갈기를 꽉 붙잡았다. 사자는 잔뜩 웅크리고 앉아 있다가 앞으로 튀어 나갈 때를 기다리며 망치의 움직임을 주의 깊게 쳐다보았다. 마침내 사자는 누구도 알아채기 전에 거인의 다리 사이로 뛰어올라 안전하게 건너편으로 갔다. 그사이 망치는 또 한 번 땅을 내리찍었다.

　다음은 호랑이 차례였다. 도로시는 호랑이의 등에 올라타고 팔로 호랑이의 목을 감쌌다. 호랑이는 화살처럼 뛰어나갔다. 다음 순간, 도로시는 자신이 위험으로부터 벗어나 오즈마 곁에 있는 것을 깨달았다.

　이제 목마와 허수아비의 차례였다. 그들은 내려오는 망치를 깻잎 한 장 차이로 겨우 피했다.

　똑딱은 망치가 내려오는 곳 바로 앞까지 다가가더니 망치가 올라가는 순간 평온하게 앞으로 걸어갔다. 양철 나무꾼도 똑딱의 방법을 따라 망치가 공중으로 올라간 사이 안전하게 지나갈 수 있었다.

　하지만 그 모습을 뒤에서 지켜보고 있던 스물일곱 명의 군사들은 자신들의 차례가 되자 다리를 덜덜 떨면서 한 걸음도 움직이지 못했다.

　"우리는 전쟁에서 아주 용감하게 적들과 맞서지만 지금은 전쟁 상황이 아닙니다. 저 망치에 맞는다면 팬케이크처럼 납작하게 눌려 버릴 거예요."

　장군 하나가 겁에 질려 말하자 허수아비가 그를 부추겼다.

　"한번 달려와 봐."

　"다리가 떨려서 뛸 수가 없어요. 그랬다가 떡처럼 눌리면 어떡해요."

병장이 말했다.

"저런! 호랑이 친구, 우리가 저 용감한 군사들을 구해 주는 수밖에 없겠군. 나랑 같이 가자. 할 수 있는 데까지 해 보자고."

겁쟁이 사자가 한숨을 쉬었다.

오즈마와 도로시는 벌써 동물의 등에서 내려와 있었다. 사자와 호랑이는 다시 망치 아래를 지나 장교를 한 명씩 등에 태우고 돌아왔다. 그들은 그런 일을 열두 번이나 더 했다. 마침내 모든 장교들이 거인의 다리 저쪽으로 옮겨졌다. 짐승들은 너무 지쳐서 커다란 혀를 밖으로 내밀고 숨을 할딱거렸다.

"그런데 저 이등병은 어떡하지?"

오즈마가 물었다.

"전차를 지키게 놔두자. 나는 너무 지쳐서 한 번만 더 갔다 왔다가는 망치에 찍혀 버릴 것 같아."

사자가 말했다.

장교들은 당장 이등병이 필요하다고, 그렇지 않으면 명령을 이행할 사람이 아무도 없다고 불평했다. 하지만 사자나 호랑이 둘 다 다시 망치를 지나가려 하지 않았기에 허수아비가 목마를 보냈다.

목마는 주의를 기울이지 않았던지 아니면 망치가 내려오는 때를 잘못 계산했던지, 그만 거대한 망치에 정확히 머리를 맞고 말았다. 그 바람에 등에 타고 있던 이등병이 공중으로 날아올라 거인의 쇠 팔에 떨어져 버렸다. 이등병은 오르락내리락하는 거인의 팔에서 떨어지지 않으려고 필사적으로 매달려 있었다.

옆에서 지켜보던 허수아비가 목마를 구하러 달려갔다. 하지만 허수아비 역시 목마를 꺼내려다가 거인이 휘두르는 망치에 왼쪽 발을 맞고 말았다. 머리를 맞은 목마는 그때까지도 정신을 못 차리고 있었다. 목마의 머리는 단단한 나무로 만들어졌기 때문에 다행히 부서지지는 않았지만 귀가 떨어져 나가서 누군가 새 귀를 만들어 줄 때까지 아무 소리도 들을 수 없었다. 게다가 왼쪽 다리에 금이 가서 끈으로 묶어야만 했다.

망치 아래서 파닥거리던 빌리나는 힘껏 날갯짓을 해서 건너올 수 있었다. 이제 거인의 팔에 매달린 이등병만 구하면 됐다. 허수아비는 땅 위에 누워서 이등병에게 짚으로 채워진 폭신한 자기 몸 위로 뛰어

내리라고 했다. 이등병은 거인의 팔이 아래로 내려갈 때까지 기다렸다가 허수아비의 몸 위로 뛰어내렸다. 이등병은 뼈 하나 부러지지 않고 안전하게 착지했다.

양철 나무꾼은 목마에게 새 귀를 만들어 주었고, 일행은 망치질하는 거인을 뒤에 남겨 둔 채 행군을 계속했다.

II
놈 왕

일행은 이브 왕국의 국경이자 길을 가로막고 있는 세 번째 산에 차츰 가까워졌다. 높은 절벽이 햇빛을 가려서 길은 점점 어두침침해졌고, 바위밖에 없는 그곳은 새소리나 다람쥐들이 재잘대는 소리, 나뭇가지가 바람에 흔들리는 소리조차 없어서 매우 고요했다. 오즈마와 도로시는 그 고요함에 약간 기가 죽었다. 허수아비를 등에 태우고 가는 목마가 이상한 노래를 흥얼거리는 것 빼고는 모두가 조용히 걸었다.

나무 나라의 목마가 가야 하나요? 네에, 네! 휴우 한숨을 쉬고, 가야죠. 비록 나무 머리를 얻지 못해도. 대신 그는 산꼭대기로 올라가요.

점점 놈 왕의 영역에 가까이 다가가고 있던 일행은 왕의 훌륭한 지

하 왕국이 멀지 않자 아무도 목마의 노래에 관심을 보이지 않았다.

순간, 갑자기 괴상한 웃음소리가 들려와서 일행은 일제히 발걸음을 멈추었다. 길은 바위 앞에서 끝나 있었다.

"누가 웃는 거지?"

오즈마가 물었다. 하지만 아무도 대답하지 않았다.

그때 어둠 사이로 바위 위를 움직이는 이상한 형체가 보였다. 정체를 알 수 없는 그것은 마치 산의 한 귀퉁이에서 떨어져 나온 바위처럼 울퉁불퉁했다. 그들은 가파른 절벽에 붙어서 위아래나 이쪽저쪽으로 정신없이 미끄러졌다. 잠시도 멈출 생각이 없는 듯한 그들은 한순간도 가만있지 않았지만, 유리창의 파리처럼 바위 표면에 잘도 붙어 있었다.

"저들-은 신경 쓰지 마세요. 저들은 단-지 놈 족일 뿐입니다."

똑딱이 말했다.

"놈 족이 뭔데?"

도로시가 약간 두려워하며 물어보았다.

"저들-은 바위 요-정이에요. 놈 왕을 모-시죠. 하지만 우리-에게는 아무 해도 끼-치지 않아요. 놈 왕-을 불러 보세요. 왜냐 하면 왕-을 부르지 않으-면 그의 성-으로 들어-갈 수 없으니-까요."

로봇이 대답했다.

"네가 불러 봐."

도로시가 오즈마에게 말했다.

그때 놈 족들이 다시 웃었다. 그 웃음소리가 하도 소름 끼쳐서 스물여섯 명의 장교들이 이등병에게 명령했다.

"우향우!"

그런 다음 그들은 꽁지가 빠져라 도망갔다.

양철 나무꾼은 곧장 군대를 따라가서 외쳤다.

"정지!"

그들이 도망을 멈추자 나무꾼이 물었다.

"어디 가는 거지?"

"코, 콧수염 빗는 것을 잊어버려서요. 그, 그래서 콧수염을 다듬고 나서 뒤, 뒤따라갈게요."

장군이 떨면서 말했다.

"그럴 수는 없을걸? 망치를 가진 거인이 도망가려는 사람은 모두 죽이려고 할 테니까."

양철 나무꾼이 대답했다.

"오! 거인을 잊고 있었네요."

장군이 얼굴이 하얗게 질려서 말했다.

"너는 잊어버리는 게 많군. 네가 용감한 군사라는 것은 잊지 말길 바라네."

양철 나무꾼이 말했다.

"잊지 않겠습니다!"

장군이 금실로 수놓아진 가슴팍을 치며 말했다.

"잊지 않겠습니다!"

다른 장교들도 모두 열성적으로 가슴팍을 치며 말했다.

"저는 장교들 뜻을 따르겠습니다. 도망가라면 도망가고 싸우라면 싸우겠습니다."

이등병이 소심하게 말했다.

"그래, 우린 오즈마에게 돌아가서 오즈마의 명령을 따라야 해. 그리고 또다시 도망친다면 스물여섯 명의 장교들을 모두 이등병으로 강등시키고 이등병을 장군으로 진급시키겠다."

양철 나무꾼의 협박이 잘 먹혀들었던지 군사들은 당장 오즈마에게 돌아가서 겁쟁이 사자 옆에 섰다.

그때 오즈마가 큰 목소리로 외쳤다.

"놈 왕이여, 우리 앞에 나타나라!"

하지만 놈 족들이 비웃는 소리 말고는 아무 대답도 없었다.

"놈 왕-에게 명령-을 하면 안 됩-니다. 공주님-이 놈 왕국까지 다스-리는 것이 아니-니까요."

똑딱이 말하자 오즈마는 다시 그를 불렀다.

"놈 왕이여, 우리 앞에 나타나길 바란다."

비웃는 소리가 더 커졌다. 그림자 같은 놈 족들은 계속 벼랑 위를 휙휙 날아다녔다.

"부탁-하세요. 당신의 요-청에는 답하지 않-을지 몰라도 부-탁은 들어-줄 겁니다."

똑딱이 오즈마에게 말했다.

오즈마는 위풍당당하게 주변을 둘러보았다.

"오즈의 군주가 사악한 놈 왕에게 부탁하길 바라나요? 오즈의 오즈마가 지하에 사는 생물에게 고개를 숙여야 할까요?"

오즈마가 물었다.

"아니요!"

모두들 큰 목소리로 소리쳤다.

허수아비가 덧붙였다.

"만약 놈 왕이 나오지 않는다면 우리가 여우를 잡을 때처럼 구멍에서 끄집어내어 고집을 고쳐 줘야지. 우리의 소중한 여왕님은 나처럼 품위를 유지해야 해."

그때 도로시가 나섰다.

"내가 놈 왕에게 부탁해 볼게. 나는 캔자스에서 온 작은 소녀일 뿐이니까. 내가 놈 왕을 부를게."

"만약 놈 왕이 너를 다쳐 놓으면 내가 기꺼이 너를 내일 아침 식사로 먹어 줄게."

배고픈 호랑이가 말하자 도로시가 앞으로 나가 외쳤다.

"놈 왕님, 제발 이리로 오셔서 저희를 만나 주세요."

놈 족들은 다시 웃었다. 그러다가 곧 산에서 낮게 으르렁거리는 소리가 들리자 그들은 사라졌다.

바위가 열리면서 어떤 목소리가 들려왔다.

"들어와라!"

"함정 아니야?"

양철 나무꾼이 물었다.

"아무럼 어때. 우리는 불쌍한 이브의 여왕과 아이들을 구하러 여기까지 왔으니 그만한 위험은 감수해야 해."

오즈마가 대답했다.

"놈 왕-은 정직-한 성품-을 지니고 있-습니다. 그를 믿으-셔도 됩니다."

똑딱이 말하자 오즈마가 도로시의 손을 잡고 앞장섰다.

그들은 보석으로 장식된 긴 아치형 복도를 지나갔다. 램프로 불이 밝혀진 그곳을 계속 걸어가니 웅장하게 장식된 돔 모양 천장이 있는 방이 나왔다. 그 방의 한가운데에는 울퉁불퉁하고 커다란 바위 위에 루비와 다이아몬드와 에메랄드로 장식한 옥좌가 있었다. 그 위에 놈 왕이 앉아 있었다.

지하 세계를 다스리는 왕은 조금 뚱뚱했다. 그는 자신이 앉아 있는 바위 옥좌와 같은 회갈색 옷을 입고 있었다. 왕의 곱슬곱슬한 머리와 늘어진 수염도 바위와 같은 색이었고, 얼굴도 마찬가지였다. 왕관 같은 것은 쓰지 않았고, 유일한 장식품으로 보이는 것은 그의 뚱뚱한 배에 둘러진 보석이 박힌 두꺼운 허리띠뿐이었다. 외모로 보아 그는 친절하고 유쾌한 사람 같았다. 자신의 앞에 서 있는 오즈마와 도로시와 뒤에 서 있는 일행을 보고 있는 그의 눈은 즐겁게 빛났다.

"어머, 놈 왕은 산타클로스처럼 생겼잖아. 색깔만 빼고!"

도로시가 친구들에게 속삭였다. 놈 왕은 그 말을 듣고 크게 웃었다.

"산타는 붉은 얼굴에, 웃을 때는 푸딩 같은 배가 마구 흔들리지."

도로시 일행은 왕이 웃을 때 젤리 같은 배도 함께 흔들리는 것을 보았다.

오즈마와 도로시는 놈 왕이 유쾌한 사람인 것 같아서 안도했다. 놈 왕이 손짓하자 소녀들 옆으로 쿠션이 있는 의자가 나타났다.

"앉으렴. 그리고 왜 여기까지 나를 찾아왔는지, 내가 무엇을 해 주면 되는지 말해 보렴."

소녀들이 의자에 앉는 동안 놈 왕은 담뱃대를 꺼냈다. 그리고 호주머니에서 붉게 닳아 오른 석탄을 꺼내 담배에 불을 붙여 머리 위로 둥그런 연기 고리를 만들었다. 도로시는 그 모습을 보고 놈 왕이 더욱더 산타클로스와 닮았다고 생각했다.

그때 오즈마가 말을 꺼내자 모두들 그 말에 집중하기 시작했다.

"저는 오즈의 나라를 다스리는 사람입니다. 저는 당신이 마법을 걸어서 가두고 있는 이브의 착한 왕비와 열 명의 아이들을 풀어 달라고 하기 위해 이곳에 왔습니다."

왕이 대답했다.

"그건 좀 곤란한데. 뭔가 오해가 있는 것 같군. 그들은 포로가 아니라 내 노예야. 나는 그들을 이브의 왕으로부터 정당하게 샀어."

"하지만 그건 잘못입니다."

놈 왕이 방금 입에서 나온 둥근 연기 고리를 보며 말했다.

"이브의 법에 따르면 왕은 아무것도 잘못한 게 없단다. 그에게는 가족들과 영원한 삶을 교환할 정당한 권리가 있었어."

도로시가 말했다.

"당신은 그를 속였어요. 이브의 왕은 영원한 삶을 얻지 못했어요. 그는 바다에 뛰어들어 익사했죠."

"그건 내 잘못이 아니야. 나는 그에게 분명히 영원한 생명을 줬어. 그걸 파괴한 건 이브의 왕 자신이야."

놈 왕이 다리를 꼬고 만족스럽게 웃으며 말하자 도로시가 물었다.

"그러면 그게 어떻게 영생일 수 있나요?"

"쉽게 말해서 이렇게 가정해 보자. 내가 너의 머리카락을 얻는 조건으로 예쁜 인형을 줬다고 하자. 그런데 네가 인형을 받은 뒤에 그것을 부쉈다고 해서 내가 너에게 인형을 주지 않은 것이냐?"

"그건 아니죠."

"마찬가지로 인형이 부서졌다고 해서 내게 머리카락을 돌려 달라

고 하는 게 맞니?"

"아니요."

"당연히 그렇지. 그러니 이브의 왕이 바다로 뛰어들어 영생을 파괴했다고 해서 내가 왕비와 아이들을 돌려줄 수는 없는 노릇이야. 그들은 내 소유니까 내줄 생각이 없어."

"하지만 당신은 그들을 잔인하게 다루었잖아요."

놈 왕의 거절에 아주 실망한 오즈마가 말했다.

"어떤 식으로?"

"노예로 만들었잖아요."

"잔인하다고? 난 그런 성품이 못돼. 노예들은 힘들게 일을 해야 하는데, 이브의 왕비와 아이들은 너무 곱게 살아왔거든. 그래서 나는 그들을 장식품으로 변신시켜 궁전 안의 이곳저곳을 장식했지. 그들은 힘들게 일하는 대신 방을 장식하고 있을 뿐이야. 나는 그들에게 정말 친절히 대했다고 생각해."

놈 왕이 둥그런 고리 모양 연기를 뿜어내고는 그것이 떠다니는 것을 바라보며 말했다.

"하지만 얼마나 끔찍한 운명입니까? 게다가 이브 왕국은 그들을 다스릴 왕족이 절실히 필요합니다. 그들을 풀어 주고 원래 모습으로 돌려준다면 그들을 대신할 열한 개의 장식품을 드릴게요."

"내가 거절한다면?"

"그렇다면 내 친구들과 군대와 함께 당신의 나라를 정복하고 내 뜻에 복종하도록 하겠어요."

오즈마가 단호하게 말했다.

놈 왕은 숨이 막히도록 웃다가 회갈색 얼굴이 붉게 변할 때까지 캑 캑거리며 기침을 하고는 바위색 손수건을 꺼내 눈물을 닦더니 근엄한 모습으로 다시 말했다.

"넌 얼굴이 예쁜 만큼 용감하구나. 하지만 네가 하려는 일이 무엇인지 잘 모르는 것 같군. 잠시 이리 오너라."

놈 왕은 오즈마의 손을 잡고 옆에 있는 작은 문을 열고 발코니로 나가 지하 세계의 장대한 광경을 보여 주었다.

산 아래에는 거대한 동굴이 수백 킬로미터나 뻗어 있었다. 사방에는 용광로와 대장간이 불타고 있었다. 그곳에서 놈 족들은 귀중한 금속을 벼르거나 빛나는 보석을 다듬고 있었다. 동굴의 단단한 바위로 된 벽 사방에는 금과 은으로 된 문이 오즈마의 눈길이 닿는 곳까지 끝없이 이어져 있었다.

오즈에서 온 어린 아가씨가 놀라서 그 광경을 지켜보고 있을 때 놈 왕이 휘파람 소리를 내자 순식간에 금과 은으로 된 문들이 열리면서 놈 왕의 군대가 줄지어 나왔다. 많은 수의 군대가 끝없이 광활한 지하 동굴을 가득 채워 일꾼들의 일손을 놓게 했다.

그 엄청난 군대는 작고 통통한 바위색 놈 족이었다. 그들은 아름다운 보석이 세공된 반짝이는 갑옷을 입고 있었다. 머리에 밝은 전등을 쓰고 뾰족한 창과 칼, 청동으로 된 전투용 도끼를 지닌 그들이 줄을 맞춰 똑바로 무기를 들고 있는 모습을 보니 잘 훈련된 것 같았다. 언제라도 명령만 내리면 적을 향해 돌진할 기세였다.

"저들은 내 군대의 일부분일 뿐이야. 나의 힘은 막강하기에 지상의 어떤 군주도 감히 나와 싸우려 든 적 없고, 앞으로도 없을 것이다."

놈 왕이 다시 휘파람을 불자 군대는 곧 금과 은으로 된 문 안으로 사라졌다. 일꾼들은 용광로에서 다시 일을 시작했다.

낙담한 오즈마는 친구들에게 돌아갔다. 놈 왕도 평온한 바위 옥좌 위로 올라갔다.

"놈 왕과 싸우는 건 바보 같은 짓이야. 우리의 용감한 스물일곱 명의 군사들은 금방 정복되고 말 거야. 이제 어떻게 해야 할지 모르겠어."

오즈마가 양철 나무꾼에게 말했다.

"왕에게 부엌이 어딘지 물어봐. 뱃가죽이 등에 붙을 것만 같아."

호랑이가 말했다.

"내가 왕한테 달려들어 조각조각 찢어 버릴까?"

겁쟁이 사자가 말했다.

"해 보시지."

놈 왕이 호주머니에서 또 다른 석탄을 꺼내 담뱃불을 붙이며 말했다.

사자는 놈 왕에게 뛰어들려고 몸을 웅크렸지만 어째서인지 옥좌에는 조금도 가까이 가지 못하고 제자리에서 살짝 뛰기만 할 뿐이었다.

허수아비가 곰곰이 생각한 뒤 말했다.

"내 생각에 놈 왕은 대항하기에 너무 위대한 마법사니까 말로 구슬려서 노예들을 놔주도록 하는 건 어떨까?"

놈 왕이 거들었다.

"그 말이 가장 그럴듯하군. 나를 협박하는 것은 소용없는 짓이야.

하지만 나는 착한 마음씨를 가지고 있어서 구슬리거나 조르는 것에
는 약하지. 오즈마여, 이곳 지하 세계에 온 목적을 달성하고 싶다면 나
를 구슬려 보게."

"좋아요, 우리 친구가 되어요. 그리고 친구로서 이 문제에 대해 의
논해 봅시다."

"아무렴."

놈 왕이 눈을 반짝이며 동의했다.

"나는 아주 걱정스럽습니다. 당신의 장식품으로 있는 이브의 왕비
와 아이들을 그들의 국민들에게 돌려줘야 하기 때문이죠. 말해 주세
요. 어떻게 해야 하는지."

왕은 잠시 생각하더니 물었다.

"이브의 왕족을 자유롭게 할 수 있다면 어떤 위험이라도 감수하겠느냐?"

"그럼요!"

"그렇다면 한 가지 제안을 하지. 홀로 내 궁전으로 들어가서 모든 방을 주의 깊게 조사해 보거라. 그리고 열한 개의 장식품을 건드릴 기회를 주겠다. 그중 '이브'라는 주문을 외었을 때 원래 모습으로 돌아오는 사람이 있다면 데리고 지하 세계를 떠나도 좋다. 만약 한 번에 성공한다면 열한 명의 이브 사람들을 모두 데리고 떠나는 것이지. 하지만 성공하지 못해서 남아 있는 장식품이 있다면 너의 친구들이 차례로 들어가서 열한 번씩 골라도 좋다."

"오, 감사합니다! 정말 감사해요!"

"하지만 조건이 하나 있다."

놈 왕이 눈을 반짝이며 말했다.

"그게 뭔가요?"

"만약 열한 개의 장식품 중에 이브의 왕족이 한 명도 없다면 그들을 자유롭게 풀어 주는 대신 네가 마법에 걸려 나의 장식품이 되어야 한다. 이 위험을 감수하겠다면 공평하고 정당한 거래가 될 거다."

12
열한 번의 선택

놈 왕이 제안한 조건을 들은 오즈마는 생각에 잠겼다. 친구들은 그녀를 불안스레 쳐다보았다.

도로시가 말했다.

"하지 마! 만약 네가 선택을 잘못하면 너까지 노예가 되는 거야."

"하지만 내게는 열한 번의 기회가 있어. 그중에 한 번은 맞히겠지. 한 번만 맞혀도 한 명의 왕족과 나 자신을 구하는 거야. 우리들이 모두 한 번씩 시도한다면 왕족 모두를 구할 수 있을 거야."

허수아비가 말했다.

"만약 실패한다면? 나도 괜찮은 장식품들 중 하나가 되겠지."

"우리는 실패하지 않을 거야! 여기까지 와서 불쌍한 사람들을 구해 주는 것을 포기하는 건 약하고 비겁한 짓이야. 난 놈 왕의 제안을 받아들일 거야. 당장 궁전으로 들어갈 거야."

오즈마가 용감하게 외쳤다.

"그러면 따라오렴. 궁전으로 가는 길을 알려 주지."

놈 왕이 뚱뚱한 몸을 뒤뚱거리면서 옥좌에서 내려와 말했다.

왕이 동굴 벽으로 가서 손짓을 하니 벽에 문이 생겼다. 오즈마는 친구들에게 웃으며 작별 인사를 하고 용감하게 안으로 들어갔다. 오즈마는 이 궁전보다 더 아름답고 화려한 곳을 본 적이 없었다. 천장은 아치 형태로 높이 솟아 있었고, 벽과 바닥은 여러 색깔의 매끄러운 대리석으로 만들어져 있었다. 두꺼운 벨벳 카펫이 바닥을 덮고 있었고, 무거운 실크 커튼이 아치로 된 수많은 방들의 입구를 가리고 있었다. 오래된 귀한 나무로 만들어진 가구는 화려하게 조각되어 섬세한 비단 커버로 덮여 있었다. 궁전 안에는 어디서 비추는지 모를 부드럽고 기분 좋은 신비스러운 붉은 빛이 감돌았다.

오즈마는 이 방 저 방 옮겨 다니면서 신나게 구경했다. 놈 왕은 오즈마를 궁전 입구까지 데려다 주고는 문을 닫고 가 버렸다. 이제 그 아름다운 장소에는 오즈마 말고 다른 사람은 아무도 없었다.

벽난로와 선반, 탁자 위에는 금속과 유리, 도자기와 돌, 대리석 등 온갖 장식품이 가득했다. 꽃병은 물론 사람이나 동물 모양을 조각한 접시와 단지, 귀한 보석으로 장식한 모자이크도 있었다. 벽에 걸려 있는 그림들이 더해져 지하 세계의 궁전은 마치 아주 진귀하고 값나가는 것들로 가득 찬 박물관 같았다.

오즈마는 서둘러 모든 방들을 둘러본 후에 그 수많은 장식품들 중에 어떤 것이 이브의 왕족일지 생각해 보았다. 오즈마는 오직 혼자서 추측하고 선택해야 했다. 그제야 공주는 자신이 얼마나 위험한 게임에 뛰어들었는지 깨달았다. 놈 왕에게 잡힌 사람들을 구하려다가 자칫 자신의 자유를 잃을 판이었다. 놈 왕이 왜 사람 좋게 웃었는지 알 것 같았다. 왕은 그들을 손쉽게 함정에 빠트린 것이었다.

오즈마는 마침내 모험을 감행하기로 했다. 공주는 열 개의 가지가 있는 촛대를 보고 생각했다.

"이것이 이브의 왕비와 열 명의 아이들일지 몰라."

소녀는 놈 왕이 일러 준 대로 그것을 만지면서 외쳤다.

"이브."

하지만 촛대의 모습은 변하지 않았다.

오즈마는 다른 방을 둘러보다가 도자기로 된 양을 보고 그것이 열 명의 아이들 중 하나일지 모른다고 생각했다. 공주는 도자기를 만지며 '이브'라고 말했다. 하지만 역시 실패였다. 세 번째, 네 번째, 다섯 번째, 여섯 번째, 일곱 번째, 여덟 번째, 아홉 번째도 모조리 실패했다. 마침내 열 번째 기회마저 실패한 오즈마는 마지막 기회만 남겨 두고 있었다.

소녀의 얼굴은 불그스름한 불빛 아래 창백해졌다. 그녀에게는 운명을 결정할 단 한 번의 기회만 남아 있었다. 오즈마는 서두르지 않고 모든 방을 한 번씩 더 둘러보면서 다양한 장식품들 중에 어떤 것을 선택할지 고민했다. 그리고 공주는 절망스럽지만 운명에 맡기기로 했다. 그녀는 복도에서 눈을 꼭 감고 서서 무거운 커튼을 걷고 팔을 뻗은 채 앞으로 걸어갔다. 얼마 후 탁자 위의 작은 물건에 소녀의 손이 닿았다. 오즈마는 그것이 무엇인지 몰랐지만 작은 목소리로 말했다.

"이브."

그 순간 놈 왕은 새로운 장식품을 얻게 되었다. 탁자 가장자리에는 에메랄드로 장식된 귀여운 메뚜기가 놓여 있었다. 그것은 오즈의 오즈마였다.

궁전 저편의 왕실에서 놈 왕이 갑자기 고개를 들고 미소 지었다.

"다음!"

놈 왕이 유쾌하게 말했다.

오즈마를 걱정하며 조용히 앉아 있던 도로시와 허수아비와 양철 나무꾼은 실망한 얼굴로 서로를 쳐다보았다.

"공주님-이 실패-하셨나요?"

똑딱이 물었다.

"그런 것 같군."

놈 왕이 흥겹게 말했다.

"그렇다고 해서 너희들 중 하나가 성공할 수 없다는 것은 아니야. 다

음 사람은 오즈마도 찾아야 하니
까 열두 번의 기회를 주겠네. 자,
자! 누가 갈 것인가?"

"내가 가겠어요."

도로시가 말했다.

"그건 안 되지. 오즈마의 군
대 사령관으로서 오즈마를 구하
는 것은 내 특권이야."

양철 나무꾼이 말했다.

"그러면 자네가 가. 조심해야 해. 친구."

허수아비가 말했다.

"그럴게."

양철 나무꾼은 놈 왕을 따라 궁전의 입구로 가서 바위 문을 열고 안
으로 들어갔다.

13
놈 왕의 웃음

놈 왕은 옥좌로 돌아와 파이프 담배를 즐기고 있었다. 일행은 또다시 오랫동안 기다려야 했다. 그들은 어린 통치자가 실패해서 오싹하고 끔찍한 놈 왕의 장식품으로 변했다는 사실에 아주 낙심했다. 지도자를 잃은 그들은 앞으로 어떻게 해야 할지 몰라서 군대의 졸병들처럼 떨고 있다가, 곧 쓸모없는 장식품이 되어 버릴 것이라는 생각에 두려워지기 시작했다.

그때 갑자기 놈 왕이 웃기 시작했다.

"하하하! 히히히! 호호호!"

"무슨 일이죠?"

허수아비가 물었다.

"네 친구 양철 나무꾼이 정말 웃긴 모습으로 변했어. 양철 나무꾼이 어떤 웃긴 모습으로 변했을지 아무도 상상못할걸? 다음!"

놈 왕은 너무 웃겨서 눈물을 흘리다가 눈가를 훔치며 말했다.

도로시 일행은 가라앉은 마음으로 서로를 쳐다보았다. 그때 장군 한 명이 슬프게 울기 시작했다.

"왜 울어?"

장군이 그런 약한 모습을 보이는 것에 분개한 허수아비가 물었다.

"양철 나무꾼은 내게 한 달 반의 봉급을 빚졌어요. 그를 잃게 되다니 정말 유감스럽군요."

"그러면 자네가 가서 그를 찾아봐."

"내가요?"

"당연하지! 대장을 따르는 것은 너의 임무야. 앞으로 갓!"

"그럴 수 없어요. 나도 그러고는 싶지만 도저히 못하겠어요."

그 모습을 지켜보던 놈 왕이 즐겁게 말했다.

"신경 쓰지 말게. 만약 그 군사가 궁전 안으로 들어가서 장식품을 고르지 않는다면 용광로에 던져 버리지 뭐."

"갈게요! 당연히 갑니다. 입구가 어딥니까? 당장 갑시다!"

장군은 총알처럼 빨리 외쳤다.

놈 왕은 그를 궁전 안으로 안내한 뒤 옥좌로 돌아와 결과를 기다렸다. 장군이 뭘 골랐는지는 아무도 몰랐다. 하지만 놈 왕이 다음 희생자인 대령에게 운을 시험해 보라고 부르기까지는 그리 오래 걸리지 않았다.

그렇게 해서 장교들은 한 명씩 모두 스물여섯 명이 궁전으로 들어가

서 그들의 운을 시험해 본 후 모두 장식품이 되
고 말았다. 그동안 놈 왕은 기다리는 사
람들을 위해 간식을 대령하라고
했다. 그의 명령에 따라 사납게
생긴 놈 족이 쟁반을 들고 들
어왔다. 이 놈 족은 도로시
가 보았던 다른 놈 족들
과 생김새가 달랐다. 그
는 놈 왕의 시종장임을 뜻
하는 두꺼운 금 목걸이를 목에
걸고 있었다. 시종장은 왕에게 야
밤에 케이크를 많이 먹으면 배탈이 날
것이라고 잔소리를 했다. 하지만 도로시는
배가 너무 고파서 그의 말을 상관하지 않았다.
소녀는 맛 좋은 케이크를 몇 조각씩이나 먹고, 향
이 풍부한 진흙을 용광로에 구워서 곱게 간 훌륭한 커
피 한 잔을 마셨다. 그것은 전혀 질척이지 않고 맛있었다.

　모험을 함께한 일행 중에 이제 캔자스에서 온 작은 소녀
와 허수아비, 똑딱과 이등병과 몇몇 일행만이 남았다. 겁쟁이 사
자와 배고픈 호랑이는 케이크 몇 조각을 먹고 동굴 구석에서 잠이 들
었다. 다른 쪽에는 목마가 나무로 만든 인형처럼 움직임 없이 조용히
서 있었다.

빌리나는 홀로 주변을 돌아다니며 케이크 부스러기를 쪼아 먹더니 잠잘 시간이 되자 어두운 구석을 찾아다녔다. 암탉은 아무도 몰래 왕의 바위 옥좌 아래 있는 공간에 기어 들어갔다. 아직 주위에서 말소리가 들려오기는 했지만 옥좌 아래는 어두컴컴했기 때문에 금방 잠들 수 있었다.

"다음!"

왕이 불렀다. 이제 이등병이 운명의 궁전으로 들어갈 차례였다. 그는 도로시와 허수아비와 악수를 하며 슬픈 작별 인사를 마치고 바위로 된 문으로 들어갔다.

나머지 일행은 오랫동안 기다렸다. 이등병은 장식품이 되고 싶지 않아서 최대한 신중히 선택했다. 마법의 힘으로 아름다운 궁전의 곳곳을 다 보고 있는 것 같던 놈 왕도 이제는 더 이상 못 참겠다고 말했다.

"나는 장식품을 사랑하지만 그렇다고 장식품을 더 얻기 위해 내일까지 여기서 기다릴 수는 없어. 그러니 저 멍청한 이등병이 장식품으로 변하는 대로 모두 침대로 가서 쉬고 내일 아침에 계속하도록 하자."

"그렇게 시간이 늦었나요?"

도로시가 물었다.

"벌써 자정이 넘었어. 지하에 있는 내 왕국은 햇빛이 들지 않아서 낮과 밤이 없지만 우리도 지상의 사람들처럼 잠을 자야 해. 나는 이제 자러 갈 거야."

얼마 후 이등병은 마지막 선택을 하고 장식품으로 변해 버렸다. 놈왕은 크게 기뻐하며 손뼉을 치면서 시종장을 불렀다.

"이 손님들에게 잠잘 방을 안내해 주게, 어서. 나는 지금 몹시 졸리거든."

왕이 명령했다.

"이렇게 늦게까지 깨어 있으면 안 되지요. 그랬다가 내일 아침에 그리핀처럼 사나워지실 거면서."

시종장이 무뚝뚝하게 대답했다.

놈 왕은 그의 말에 아무 대답도 하지 않았다. 시종장은 도로시를 긴 복도로 안내했다. 그곳에는 단순하지만 편안해 보이는 침실들이 있었다. 작은 소녀는 첫 번째 방으로 들어갔다. 잠을 자지 않는 허수아비와 똑딱도 우선은 방으로 들어갔다. 사자와 호랑이는 세 번째 방으로 들어갔고, 목마는 절뚝거리며 시종장을 따라 네 번째 방으로 들어가 아침이 올 때까지 방 한가운데에 서 있었다.

허수아비와 똑딱과 목마에게는 지루한 밤이었다. 하지만 그들은 지난 경험을 통해 인내심 있게 조용히 밤을 보내는 법을 배웠다. 살과 피로 이루어진 그들의 친구들은 잠을 자야 하고 방해받는 것을 좋아하지 않았기 때문이다.

시종장이 그들을 남겨 두고 떠나자 허수아비가 슬프게 말했다.

"내 오랜 친구 양철 나무꾼을 잃게 되다니 너무 슬퍼. 우리는 함께 위험한 모험을 겪고 이겨 냈어. 그가 장식품이 되어 영원이 내 곁을 떠났다니 슬프구나."

"그는 살-아 있을 때도 항-상 장-식-품 같았죠."

똑딱이 말했다.

"맞아, 하지만 놈 왕이 그의 실패를 비웃으며 그가 궁전에서 가장 웃긴 장식품이 되었다고 했지. 웃음거리가 되다니, 내 불쌍한 친구는 자존심에 상처를 입었을 거야."

"우리도 내-일-이면 웃-긴 장-식-품이 될 거예요."

그때 도로시가 그들의 방으로 들어와 아주 불안한 목소리로 외쳤다.

"빌리나는 어디 있어? 빌리나 봤어? 여기 있어?"

"여기 없는데."

"그럼 빌리나는 어떻게 된 거지?"

"난 너랑 같이 있는 줄 알았지. 누런 암탉이 케이크 부스러기를 쪼아 먹는 것까지는 봤는데 그 후로는 기억이 안 나."

"빌리나를 놈 왕의 왕실에 두고 왔나 봐."

소녀는 즉시 뒤돌아서 복도를 달려 그들이 있었던 문 앞으로 갔다. 하지만 그 문은 반대편에서 잠겨 있었다. 바위로 된 문은 너무 두꺼워서 꿈쩍도 하지 않았다. 결국 도로시는 자기 방으로 돌아올 수밖에 없었다.

겁쟁이 사자는 소녀의 방에 머리를 들이밀고 깃털 달린 친구를 잃은 소녀를 위로했다.

"누런 암탉은 잘 있을 거야. 그러니 걱정하지 말고 잠자려고 노력해 봐. 아주 길고 피곤한 날이었어. 넌 쉬어야 해."

"난 아마 내일이 오면 푹 쉴 수 있을 거야. 내가 장식품이 되면."

도로시가 졸린 목소리로 말했다. 소파에 기대 있던 소녀는 친구가 걱정되었지만 금방 꿈의 나라로 떠났다.

I4
용감한 도로시

그동안 시종장은 왕실로 돌아와 왕에게 말했다.

"이런 사람들에게 시간을 낭비하다니 정말 바보 같으십니다."

"뭐라고! 어떻게 나한테 바보 같다고 할 수 있지?"

왕이 화가 난 목소리로 소리치는 바람에 옥좌 밑에서 자고 있던 빌리나가 잠에서 깼다.

"왜냐하면 저는 진실을 말하는 것을 좋아하기 때문입니다. 그들에게 마법을 걸지 않고 한 명씩 궁전에 들어가 이브 여왕과 아이들이 변한 장식품을 선택하게 하는 이유는 무엇입니까?"

"이 멍청한 녀석! 이렇게 하는 게 더 재밌잖아. 꽤 오랫동안 나를 즐겁게 해 준다고."

"하지만 그들 중 누군가는 올바른 추측을 할 거라고 생각하지 않으십니까? 그러면 옛 장식품과 새 장식품을 다 잃으실 텐데요."

"저들이 똑바로 맞힐 리 없어. 이브 여왕과 그녀의 아이들이 보라색 장식품으로 변한 것을 무슨 수로 알겠나?"

"궁전에 보라색 장식품은 그들뿐이지 않습니까?"

"궁전에는 다양한 색깔의 장식품들이 있어. 하지만 보라색은 궁전 여기저기에 흩어져 있고 여러 모양과 크기를 하고 있지. 내 말 잘 들어, 시종장. 그들은 절대로 보라색 장식품을 선택하지 않을 거야."

옥좌 아래에 자리를 잡고 앉아 있던 빌리나는 왕의 비밀을 귀 기울여 들었다.

"어쨌든 전하께서는 그들에게 기회를 주는 바보 같은 행동을 하고 계세요. 게다가 오즈 사람들을 모두 녹색으로 바꾼 것은 더 바보 같은 짓이에요."

시종장이 계속 툴툴거리자 왕이 대답했다.

"그들이 에메랄드 시에서 왔기 때문에 그렇지. 지금까지 내게 녹색 장식품은 없었단 말이야. 다른 것들과 섞어 놓으면 그것들은 참 예쁠 거야. 안 그래?"

시종장은 화가 난 듯 끌끌거렸다.

"마음대로 하세요. 당신이 왕이니까. 하지만 만약 당신의 경솔함을 뉘우치게 되거든 제가 한 말을 기억하세요. 제가 마법의 허리띠를 차고 있었다면 당신보다 훨씬 현명한 왕이 되었을 겁니다."

"오, 잔소리 좀 그만해!"

화가 끓어오른 왕이 명령했다.

"너는 내 시종장일 뿐
이야. 너는 마치 네가 하
고 싶은 대로 나를 꾸
짖어도 된다고 생각
하는구나. 하지만 다
음에 또 무례하게
굴면 널 용광로로 보내
버리고 다른 놈에게 네 자
리를 줘야겠어. 난 이제 잠자리에
들 거야. 그럼, 내일 아침 일찍 일어
나서 보자. 남은 사람들이 장식품으로
변하는 걸 즐기고 싶으니."

"캔자스 소녀는 무슨 색으로 바꾸실 건
가요?"

"회색이 좋겠지."

"허수아비와 기계 로봇은요?"

"오, 그들은 순금으로 바꿀 거야. 살아 있을 때 너무 흉
한 모습이었으니까."

그들의 목소리가 잦아들자 빌리나는 왕과 시종장이 방을 나간 것을
알았다. 암탉은 구부러진 꼬리 깃털을 다듬고 나서 머리를 날개 아래
에 묻고 다시 잠이 들었다.

아침이 되자 도로시와 사자, 호랑이가 각자의 방에서 아침을 먹고

왕실로 모였다. 호랑이는 굶어 죽을 것 같다고 불평하면서 더 이상 배고픔 때문에 고통받지 않도록 어서 장식품으로 변하게 해 달라고 애원했다.

"아침 안 먹었니?"

놈 왕이 물었다.

"오, 하지만 그것으로는 배고픈 호랑이의 배를 채울 수 없어요."

그러자 옆에 있던 시종장이 왕에게 말했다.

"저 호랑이는 스프 열일곱 그릇과 구운 소시지 한 접시, 빵 열한 덩어리와 쥐로 만든 파이 스물한 개를 먹었습니다."

"뭘 더 먹고 싶은 건가?"

"토실토실한 아기가 먹고 싶어요. 포동포동하고 군침 돌게 생긴 부드럽고 통통한 아기요. 하지만 만약 아기가 있다고 해도 나는 절대로 먹지 않을 거예요. 대신 장식품이 되어 배고픔을 잊고 싶어요."

"안 된다! 어설픈 짐승이 내 궁전에 들어와서 예쁜 장식품들을 뒤엎고 부수게 할 수는 없다. 네 남은 친구들이 모두 장식품으로 변하고 나면 넌 지상으로 돌아가서 네 할 일이나 해라."

"친구들이 모두 사라진 마당에 무슨 할 일이 있겠어요? 난 장식품으로 변해도 좋아요."

도로시는 가장 먼저 궁전으로 들어가게 해 달라고 말했다. 하지만 곁에 있던 똑딱이 주인보다 하인이 먼저 위험한 일을 해야 한다고 단호하게 주장했다. 허수아비도 그 말에 동의했다. 놈 왕은 기계 로봇을 위해 궁전 문을 열어 주었다. 곧 똑딱은 자신의 운명을 맞이하기 위해 궁전으로 걸어 들어갔다. 왕실로 돌아온 왕은 머리 위로 작은 연기를 만들며 아주 만족스럽게 담배를 피워 댔다.

왕이 말했다.

"일행이 조금밖에 안 남아 참 아쉽군. 이제 곧 내 즐거움도 끝나겠어. 그다음엔 나의 새 장식품들을 감상하는 것 말고는 별다른 즐거움이 없겠지."

"내가 보기에 당신은 행동만큼 솔직하지 못해요."

도로시가 말했다.

"왜 그렇게 생각하지?"

"당신은 우리가 이브의 왕족들이 변한 장식품을 고르는 것이 쉬운 것처럼 생각하게 만들었잖아요."

"쉬운 일이고말고. 운이 좋은 사람이라면 말이야. 하지만 너의 친구들은 모두 운이 없군."

"똑딱은 지금 뭘 하고 있나요?"

소녀가 안절부절하며 물었다.

"아무것도. 똑딱은 방 한가운데에서 꼼짝도 않고 서 있군."

왕이 얼굴을 찌푸리며 대답했다.

"오, 똑딱의 태엽이 다 풀렸나 봐요. 오늘 아침 태엽 감아 주는 걸 깜빡했거든요. 똑딱이 몇 개나 선택했죠?"

"이제 하나 남았다. 네가 들어가서 태엽을 감아 주고 나서 네 선택을 하려무나."

"다음은 내 차례인데요."

허수아비가 말했다.

"네가 먼저 가서 날 혼자 남겨 놓진 않겠지? 그치? 게다가 내가 지금 들어가면 똑딱의 태엽을 감아 줄 수도 있어. 똑딱은 아직 마지막 선택이 남았거든."

소녀가 말했다.

"그렇다면 좋아, 먼저 가. 도로시, 네게 행운이 있길 빌어!"

허수아비가 한숨을 쉬며 말했다.

도로시는 두려웠지만 용기를 내어 궁전의 훌륭한 방으로 연결된 복도를 지나갔다. 처음에 소녀는 그곳이 너무 고요해서 압도되었다. 소녀는 짧게 숨을 들이쉬고 가슴에 손을 얹은 채 놀란 눈으로 주변을 돌아보았다.

그곳은 아름다운 곳이었다. 하지만 구석구석에 마법의 힘이 도사리고 있었다. 도로시는 자신의 평범한 고향과 무척 다른 이 요정 나라의 마법에 익숙해지지 않았다.

도로시는 똑딱이 움직이지 못하고 서 있는 방에 이를 때까지 천천히 몇 개의 방을 지났다. 이 이상한 궁전에서 친구를 찾은 소녀는 서둘러 기계 로봇의 동작, 말, 생각 태엽을 감아 주었다.

"고마워요, 도-로-시. 난 아직 선택-이 하나 더 남았-습니다."

똑딱이 말했다

"그래, 신중히 골라야 해."

"네, 하지만 놈 왕은 우리-를 손아귀에 넣고 함-정에 빠트렸어요. 우리 모두 실패-할 것 같아서 두렵-습니다."

"나도 두려워."

도로시가 슬프게 말했다.

"'스미-스 앤 팅-커'사에서 내게 추측 태-엽을 달아 주-었다면 놈왕을 무찌-를 수 있었-을 텐데요. 하지만 내 생각-은 단순하고 간단-해서 이런 경우엔 별-로 쓸모가 없-어요."

"최선을 다해 봐. 만약 네가 실패하면 네가 어떤 모양으로 변했는지 내가 잘 기억해 둘게."

도로시가 격려하며 말했다.

똑딱은 한쪽에 데이지 꽃이 그려진 노란 유리 화병을 만지며 말했다.

"이브."

기계 로봇은 순식간에 사라져 버렸다. 소녀는 재빨리 사방을 둘러보았지만 방 안의 많은 장식품들 중에서 어떤 것이 충직한 친구이며 하인이었던 똑딱이 변한 것인지 알 수 없었다. 그래서 도로시는 자신에게 주어진 희망 없는 임무를 받아들여 선택을 하고 결과를 따르는 수밖에 없었다.

"변신할 때 아프지는 않겠지. 아무도 비명을 지르거나 소리치지 않았으니까. 그 불쌍한 장교조차도."

소녀는 생각했다.

"세상에! 헨리 아저씨나 엠 아줌마는 내가 놈 왕의 궁전에서 장식품이 되어 먼지를 털 때 빼고는 영원히 한 곳에서 서 있을 거라고 생각이나 하실까. 내 운명이 여기까지라고는 상상도 못했어. 하지만 어쩔 수 없는 것 같아."

도로시는 모든 방을 한 번 더 돌면서 장식품을 주의 깊게 살펴보았
다. 하지만 장식품들이 너무 많아서 당황스러웠다. 소녀는 오즈마가
그랬던 것처럼 운에 맡길 수밖에 없었다.

도로시는 소심하게 석고 그릇을 만지며 말했다.

"이브."

그러나 아무 일도 일어나지 않았다.

"어쨌든 이건 실패네. 어떤 게 마법에 걸린 거고 어떤 게 아닌지 내
가 어떻게 안담?"

소녀는 구석에 있는 선반 위에 놓인 보라색 고양이를 만지며 속삭
였다.

"이브."

순간 고양이는 사라지고 귀여운 금발 머리 소년이 도로시 옆에 서 있었다. 동시에 멀리서 종소리가 울렸다. 도로시는 약간 놀랐지만 기뻐하며 뒤로 물러섰다. 작은 소년이 외쳤다.

"여긴 어디지? 당신은 누구야? 내게 무슨 일이 있었던 거지?"

"설마? 내가 해냈어!"

도로시가 말했다.

"뭘 했다고?"

소년이 물었다.

"장식품이 되지 않도록 내 자신을 구했지. 그리고 너를 영원히 보라색 고양이로 남을 운명으로부터 구해 냈고."

소녀가 웃음을 터트리며 대답했다.

"보라색 고양이라고? 그런 건 여기 없어."

"알아, 하지만 조금 전에는 있었어. 네가 구석의 선반 위에 있었던 것 기억 안 나니?"

"기억 안 나. 나는 이브의 왕자야. 내 이름은 이브링이야."

작은 소년이 자랑스레 말했다.

"하지만 나의 아버지인 왕이 엄마와 형제자매들을 잔인한 놈 왕에게 팔아 버렸어. 그 후로 나는 아무것도 기억나지 않아."

"보라색 고양이가 기억할 리 만무하지. 이브링, 넌 이제 다시 너 자신으로 돌아왔어. 이제 너의 형제자매와 어머니를 구해야 해. 나랑 같이 가자."

도로시는 아이의 손을 잡고 다음에 선택할 장식품을 찾아 이곳저곳

을 돌아다녔다. 세 번째와 네 번째, 다섯 번째 선택은 실패했다.

어린 이브링은 도로시가 무엇을 하고 있는지 전혀 몰랐다. 하지만 소녀가 좋았기 때문에 열심히 새 친구 옆을 따라다녔다.

결국 도로시의 나머지 선택도 모두 실패했다. 하지만 도로시는 어쨌든 자신이 이브의 왕족 중 한 명을 구했고, 어린 왕자를 그의 슬픈 조국으로 데려갈 수 있게 되었다는 사실이 기뻤다. 소녀는 자신이 구해 낸 금발 머리 소년을 데리고 무서운 놈 왕에게 안전하게 돌아갈 수 있었다. 도로시는 궁전의 입구를 찾아 발길을 돌렸다. 소녀가 거대한 바위 문 앞에 다가서자 문이 저절로 열렸다. 도로시와 이브링은 왕실로 들어갔다.

I5
놈 왕을 겁준 빌리나

도로시가 궁전으로 들어가 선택을 하는 동안 허수아비는 놈 왕과 함께 침울하게 앉아 있었다. 그때 놈 왕이 만족한 목소리로 외쳤다.

"아주 잘했어!"

"뭘 잘했다는 겁니까?"

허수아비가 물었다.

"기계 로봇 말이야. 이제 더는 태엽을 감아 줄 필요가 없어. 아주 깜찍한 장식품이 됐거든. 정말로 깜찍해."

"도로시는 뭘 하고 있나요?"

"오, 그 소녀는 곧 선택을 시작할 거야. 그리고 나서 내 수집품이 되겠지. 그다음에 네 차례가 올 거야."

착한 허수아비는 어린 친구가 오즈마와 다른 친구들처럼 슬픈 운명

을 맞을 것을 생각하니 고통스러웠다. 허수아비가 우울한 몽상에 빠져 앉아 있는 동안 날카로운 소리가 들렸다.

"꼬꼬댁! 꼬꼬꼬, 꼬꼬댁!"

놈 왕은 너무 놀라서 자리에서 벌떡 일어났다.

"세상에! 저건 뭐야?"

"빌리나잖아요."

허수아비가 말했다.

"왜 저런 소릴 내는 거지?"

누런 암탉이 옥좌 밑에서 나와 당당하게 방을 걸어 다니자 화가 난 왕이 외쳤다.

"나는 울 권리가 있어. 방금 알을 낳았거든."

"뭐라고! 알을 낳았다고! 내 왕실에! 어떻게 그런 짓을?"

"난 알이 나오면 그곳이 어디든지 알을 낳아."

암탉이 깃털을 헝클어트리고는 부르르 털면서 말했다.

"하지만 제기랄! 달걀이 독이라는 거 몰라?"

왕이 두려워하며 바위색 눈이 튀어나올 듯이 크게 소리쳤다.

"독이라니! 내가 낳은 달걀들은 모두 유통기한 전까지 완벽한 신선도를 보장하는데, 독이라니 말도 안 돼!"

"이해를 못하는군. 달걀은 지상 세계에 속한 거야. 네가 온 땅 위의 나라에. 하지만 여기 내 지하 세계에서 달걀은 독이야. 놈 족들은 달걀이 있는 것을 견디지 못해."

왕이 신경질적으로 받아쳤다.

"음, 당신은 달걀 하나를 근처에 두게 될 거야. 내가 낳았거든."

빌리나가 단언했다.

"어디에?"

"네 옥좌 아래."

놀란 왕은 옥좌에서 공중으로 세 발짝 정도 펄쩍 뛰어올랐다.

"저리 치워! 당장 저리 치워!"

왕이 소리쳤다.

"못해. 난 손이 없거든."

"내가 알을 가져갈게요. 난 빌리나의 알을 모으고 있거든요. 빌리나가 어제 낳은 알도 내 호주머니에 있어요."

허수아비의 말을 들은 왕은 알을 가지러 옥좌로 다가오는 허수아비에게서 황급히 멀어졌다. 그때 암탉이 갑자기 소리쳤다.

"잠깐!"

허수아비가 물었다.

"왜?"

"왕이 내가 궁전에 들어가서 다른 사람들처럼 선택하게 해 줄 때까지 알을 치우지 마."

빌리나가 말했다.

"얼씨구! 넌 겨우 암탉일 뿐이야. 네가 어떻게 내 마법을 추측할 수

있겠니?"

왕이 대답했다.

"한번 해 볼게. 만약 내가 실패하면 당신은 장식품 하나를 더 얻게 되는 거잖아."

"그래? 그럼 하고 싶은 대로 해 보렴. 내 왕실에 알을 낳았으니 장식품이 되는 벌을 받아야지. 허수아비가 변한 후에 네가 궁전으로 들어가도록 해. 하지만 어떻게 장식품을 만질 거지?"

"발톱으로. 그리고 나도 '이브'라고 정확히 발음할 수 있어. 게다가 마법에 걸린 친구들을 위해 나도 선택할 권리가 있다고. 내가 성공하면 내 친구들을 풀어 줄 거지?"

"좋아, 약속하지."

"그렇다면 알을 가져가도 좋아."

빌리나가 허수아비에게 말했다.

허수아비는 무릎을 꿇고 옥좌 아래서 알을 꺼냈다. 알 두 개를 한 호주머니에 넣어 놓으면 깨질까 봐 새로운 알은 반대쪽 호주머니에 집어넣었다.

바로 그때 옥좌 위에 있던 종이 힘차게 울렸다. 왕은 또다시 깜짝 놀라 뛰어올랐다.

"저런, 저런! 소녀가 해냈군."

왕이 유감스러운 표정으로 말했다.

"뭘 해냈다고요?"

허수아비가 물었다.

"그 소녀가 장식품 하나를 제대로 맞혀서 나의 가장 아름다운 마법 중 하나를 깨트렸어. 정말 유감스러운 일이야! 소녀가 맞힐 줄은 생각도 못했어."

"도로시가 안전하게 우리에게 돌아오고 있다는 건가요?"

허수아비가 기뻐서 얼굴에 주름이 질 정도로 커다랗게 미소 지으며 물었다.

"그래, 나는 항상 약속을 지켰어. 그 약속이 얼마나 바보 같은 것일지라도. 잃은 장식품 대신 이 누런 암탉으로 장식품을 만들면 되겠군."

왕은 초조해하며 방 안을 왔다 갔다 했다.

"그렇게 될 수도 있고, 아닐 수도 있지. 내가 제대로 맞혀서 당신을 깜짝 놀라게 할 수도 있는 거야."

빌리나가 차분하게 중얼거렸다.

"제대로 맞힌다고? 어떻게 네가 제대로 선택할 수 있단 말이냐. 너보다 나은 사람도 실패했는데. 이 멍청한 닭대가리야!"

왕이 쏘아붙였지만 빌리나는 대꾸도 하지 않았다. 잠시 후 문이 열리자 도로시가 어린 왕자 이브링의 손을 잡고 들어왔다.

허수아비는 기뻐하며 소녀를 꼭 껴안고 환영해 주었다. 이브링도 역시 꼭 안아 주었다. 하지만 어린 왕자는 부끄러워하며 허수아비에게서 물러섰다. 왜냐하면 어린 왕자는 아직 허수아비의 훌륭한 자질을 몰랐기 때문이다.

그들은 이야기할 시간이 별로 없었다. 허수아비가 곧 궁전으로 들어가야 했다. 도로시의 성공은 허수아비에게 큰 용기를 주었다. 그들은

허수아비가 하나라도 제대로 된 선택을 하기를 바랐다.

그렇지만 허수아비도 도로시를 제외한 다른 이들처럼 운이 없었다. 그는 선택을 하기 전에 많이 고민했지만 단 하나도 맞추지 못했다. 그래서 허수아비는 순금으로 된 명함꽂이로 변해서 아름답지만 끔찍한 궁전에서 다음 방문자를 기다려야만 했다.

"다 끝났군. 정말 즐거운 시간이었어. 캔자스 소녀가 제대로 된 추측을 한 것만 빼고 말이야. 예쁜 장식품이 더 많이 생겼군."

"이제 내 차례야."

빌리나가 씩씩하게 말했다.

"오, 너를 잊고 있었군. 하지만 싫으면 안 가도 돼. 은혜를 베풀어 줄 테니 그냥 돌아가도 좋아."

"아니, 그럴 필요 없어. 나도 선택을 할 거야. 당신이 약속한 대로."

"그렇다면 가거라. 이 어리석은 닭대가리야!"

왕은 암탉을 데려다 주기 위해 한 번 더 궁전으로 가는 문을 열어 주면서 툴툴 댔다.

"가지 마, 빌리나. 그 많은 장식품 중에 맞는 것을 찾기는 쉬운 일이 아니야. 난 운이 좋아서 살아 나온 거야. 나와 함께 있자. 우리 함께 이브의 나라로 가자. 아마 어린 왕자가 우리에게 지낼 곳을 마련해 줄 거야."

이브링이 위엄 있게 말했다.

"그래, 내가 그렇게 해 줄게."

하지만 빌리나는 마치 웃는 것처럼 꼬꼬거리며 외쳤다.

"걱정 마. 비록 인간은 아니지만, 내가 닭대가리라고 해서 바보는 아냐."

"오, 빌리나! 넌 전부터 바보가 아니었어. 네가 말을 할 수 있게 된 후로는 말이야."

도로시가 말했다.

"그럴지도 몰라. 하지만 만약 캔자스 농부가 나를 누군가에게 팔아넘기면 그가 날 뭐라고 부르겠어? 기껏해야 암탉이나 닭대가리라고 부르겠지!"

빌리나는 생각에 잠겼다.

"넌 지금 캔자스에 있지 않잖아. 빌리나, 그러니까 내 말은……."

"신경 쓰지 마, 도로시. 난 갈 거야. 작별 인사는 안 할게. 왜냐하면 난 돌아올 거니까. 잠시 후에 날 다시 보게 될 거니까 힘을 내."

그러고 나서 빌리나는 크게 "꼬꼬." 하고 울었다. 그 소리에 뚱뚱한 왕은 전보다 더 초조해하며 마법에 걸린 궁전의 입구로 걸어갔다.

"이제 다시 그 새를 볼 일이 없으면 좋겠군."

왕이 다시 옥좌에 앉으며 바위색 손수건으로 이마의 땀을 훔치면서 말했다.

"암탉들이란 가만히 있어도 성가신 존재야. 말까지 할 줄 알면 정말 끔찍하지."

"빌리나는 내 친구예요. 빌리나가 항상 예의 바른 것은 아니지만 분명히 착한 닭이에요."

도로시가 조용히 말했다.

16
보라색, 녹색 그리고 금색

누런 암탉은 아주 중요한 사람처럼 발을 높게 뻗고, 작고 날카로운 눈에 보이는 모든 것들을 검사하며 화려한 궁전의 폭신한 벨벳 카펫 위를 천천히 걸어 다녔다. 암탉은 자신이 중요한 사람이라고 느낄 만했다. 빌리나 혼자 놈 왕의 비밀을 알고 있었기 때문이다. 빌리나는 자신이 옳은 선택을 할 것이라는 확신이 있었다. 하지만 선택을 시작하기 전에 요정 나라에서 가장 화려하고 아름다운 장소인 이 엄청난 지하 궁전을 구경하고 싶었다.

빌리나는 방들을 구경하면서 보라색 장식품의 수를 세어 보았다. 비록 어떤 것은 이상한 장소에 숨겨져 있거나 크기가 작았지만 빌리나는 모든 것을 눈여겨보고 여러 방에 흩어져 있는 열 개의 장식품을 모두 찾았다. 빌리나는 보라색 장식품을 다 찾고 나서 일을 시작하려고 녹

색 장식품은 따로 세어 보지 않았다.

드디어 화려한 궁전을 즐겁게 다 둘러본 누런 암탉은 커다란 보라색 발판이 있는 한 방으로 들어갔다. 빌리나는 그 발판에 발톱을 얹고 말했다.

"이브."

그와 동시에 발판은 사라지고 아주 아름다운 옷을 입은 호리호리하고 키가 큰 사랑스러운 여인이 나타났다. 그 여인은 자신이 장식품이었다는 사실도, 다시 생명을 찾았다는 사실도 몰랐기 때문에 눈이 휘둥그레졌다.

"안녕하세요. 나이보다 젊어 보이는군요."

빌리나가 새된 목소리로 말했다.

"너는 누구냐?"

이브의 여왕이 위엄을 되찾고 묻자 검은 의자 위에 올라앉은 암탉이 말했다.

"내 이름은 원래 빌이지요. 비록 도로시가 그 이름에 몇 글자를 덧붙여 빌리나라고 바꿔 줬지만요. 하지만 이름이 뭐든 아무 상관없어요. 내가 놈 왕으로부터 당신을 구했고, 당신은 더 이상 그의 노예가 아니에요."

"그렇다면 너의 자비로운 호의에 감사해야겠구나."

여왕이 우아하게 예의를 차리며 말했다.

"말해 주렴. 내 아이들은 어디 있지?"

여왕이 양손을 그러모으며 걱정스럽게 물었다.

"걱정 마세요."

빌리나가 의자 뒤에 기어가던 작은 벌레를 쪼아 먹으며 말했다.

"곧 아이들도 나쁜 마법에서 풀려날 거예요. 아이들은 지금 꼼짝도 못하고 있거든요."

"친절한 낯선 이여. 그게 무슨 뜻이니?"

"도로시가 구한 작은 아이 한 명을 빼고는 모두 당신이 그랬던 것처럼 마법에 걸려 있어요. 다시 착한 소년 소녀가 될 기회가 몇 번 있긴 했지만 모두 실패하고 말았죠."

"오, 내 불쌍한 아가들!"

"슬퍼하지 마세요. 아이들이 변했다고 해서 슬퍼할 필요는 없어요. 내가 곧 여왕님 주변에 아이들이 모여서 평소대로 귀찮게 하게 해 줄 테니까요. 나와 함께 가요. 아이들이 얼마나 예쁜지 보여 드릴게요."

빌리나는 의자에서 내려와 다음 방으로 걸어 들어갔다. 여왕은 그 뒤를 따라갔다. 빌리나가 낮은 테이블을 지나자 작은 녹색 메뚜기가 눈에 띄었다. 빌리나는 곧장 테이블 위로 올라가 날카로운 발톱으로 메뚜기를 붙잡았다. 메뚜기는 암탉이 가장 좋아하는 음식이었다. 빌리나는 메뚜기가 도망치기 전에 재빨리 잡아야 했다. 하지만 그 메뚜기는 딱딱하고 생명이 없었다. 먹을 수 없다고 생각한 빌리나는 목구멍으로 꿀꺽 넘기는 대신 얼른 발을 뗐다.

"진작 알았어야 했는데."

빌리나는 혼잣말을 했다.

"여긴 풀밭이 없으니까 당연히 살아 있는 메뚜기도 없지. 이건 아마 왕이 마법을 건 물건일 거야."

잠시 후 빌리나는 보라색 장식품으로 다가갔다. 여왕이 흥미롭게 지켜보고 있는 동안 암탉은 놈 왕의 마법을 풀었다. 곧 금발 머리를 어깨에 늘어트린 귀여운 소녀가 그들 앞에 나타났다.

"이반나! 나의 이반나!"

여왕은 소녀를 가슴에 안고 얼굴에 키스를 퍼부었다.

"좋았어! 난 선택을 잘하는군. 안 그래? 놈 왕?"

빌리나가 만족스럽게 말했다.

다시 빌리나는 여왕이 이브로즈라고 부르는 소녀의 마법을 풀어 주었다. 그리고 이브링의 형인 이바르도라는 소년의 마법을 풀어 주었다. 누런 암탉은 다섯 명의 공주와 네 명의 왕자를 모두 찾을 때마다 착한 여왕이 환성을 지르며 아이들을 안아 줄 시간을 주었다. 키만 다를 뿐 모두 비슷하게 생긴 아이들은 엄마 곁에 행복하게 서 있었다.

공주들의 이름은 이반나, 이브로즈, 이벨라, 이버린, 이베드나였고, 왕자들의 이름은 이브로브, 이빙톤, 이바르도, 이브롤랜드였다. 이브의 나라로 돌아가면 가장 나이가 많은 이바르도가 아버지의 왕관을 물려받기로 되어 있었다. 이바르도는 꽤 젊고 진지한 사람으로 의심할 바 없이 국민들을 현명하고 정의롭게 다스릴 것 같았다.

이브의 왕실 가족들에게 원래 모습을 찾아 준 빌리나는 이제 오즈의 사람들이 변신한 녹색 장식품들을 고르기 시작했다. 암탉은 그들을 찾는 것이 조금 어려웠지만 곧 스물여섯 명의 장교와 이등병을 찾아 주변에 모아 놓고 마법을 풀어 주었다. 궁전의 방 안에서 한꺼번에 살

아난 스물일곱 명의 오즈 사람들은 자신들이 영리한 누런 암탉 덕분에 마법에서 풀려났다는 사실을 알고 진심으로 감사했다.

"이제, 오즈마 공주를 찾아야겠다."

빌리나가 말했다.

"공주도 오즈의 사람이니 분명 여기 어딘가에 녹색 장식품이 되어 있을 거야. 그러니 이 멍청한 군사들아, 나를 도와 그녀를 찾아 줘."

하지만 한동안 그들은 녹색 장식품을 찾지 못했다. 자신의 아홉 아이들에게 한 번씩 더 키스를 하고 난 여왕이 일이 어떻게 되어 가는지 흥미롭게 지켜보다가 암탉에게 말했다.

"나의 친절한 친구여, 아마 메뚜기가 네가 찾고 있는 것일지도 몰라."

"맞아요, 아까 그 메뚜기일 거예요! 난 이 군사들처럼 멍청하군요."

빌리나는 메뚜기를 봤던 방으로 돌아가서 사랑스럽고 귀여운 오즈마의 모습을 찾아 주었다. 오즈마는 이브의 여왕이 있는 방에서 고귀한 신분의 공주로서 인사했다.

"그런데 내 친구 허수아비와 양철 나무꾼은?"

이브의 여왕과 인사를 나눈 소녀 여왕이 물었다.

"그들은 쉽게 찾을 수 있어."

빌리나가 대답했다.

"허수아비와 똑딱은 순금으로 되어 있어. 하지만 양철 나무꾼이 무엇으로 변했는지는 정확히 모르겠어. 왜냐하면 놈 왕이 아주 웃긴 것으로 변했다고밖에 말을 안 했거든."

오즈마는 열심히 암탉의 임무를 도왔다. 그리고 곧 빛나는 금으로 만든 장식품이 된 허수아비와 기계 로봇을 찾아서 원래 모습으로 되돌려 주었다. 하지만 양철 나무꾼은 아무리 찾아도 보이지 않았다. 그들이 찾은 곳에는 웃긴 장식품이 없었기 때문이다.

"한 가지 방법밖에 없어."

오즈마가 말했다.

"놈 왕에게 돌아가서 우리 친구가 무엇으로 변했는지 말을 하게 해야 해."

"말하지 않을걸?"

"놈 왕은 반드시 말해야 해."

오즈마가 단호하게 말했다.

"그는 우리에게 정직하게 대하지 않았어. 공평하고 착한 척하면서 우리 모두를 함정에 빠트렸어. 우리의 현명한 친구 누런 암탉이 우리를 구할 방법을 찾지 못했다면 아마 영원히 마법에 걸려 있었을 거야."

"놈 왕은 악당이야."

허수아비가 말했다.

"놈 왕이 웃는 모습은 다른 사람의 찡그린 얼굴보다 훨씬 끔찍해요."

이등병이 떨면서 말했다.

"나는 그가 정-직하다고 생각-했어요. 하지만 잘못-된 생각이-었군요."

똑딱이 말했다.

"내 생각은 대-부-분 정-확하지만, 때-때로 생각이 잘못되거나 적-절-치 못하게 작동되는 건 '스미스 앤 팅-커'사의 잘못인 것 같군요."

오즈마가 다정하게 말했다.

"'스미스 앤 팅커'사는 너를 아주 잘 만들었어. 난 네가 완벽하지 않다고 해서 그들을 탓하고 싶지 않아."

"감사합니다."

똑딱이 대답했다.

"그렇다면 우리 모두 놈 왕에게 돌아가서 뭐라고 변명하는지 들어봅시다."

빌리나가 작고 씩씩한 목소리로 말했다.

그들은 궁전의 입구로 향했다. 오즈마가 여왕과 함께 앞장섰고, 그 뒤로 여왕의 왕자와 공주들이 기차처럼 따라갔다. 그다음에 똑딱과 빌리나를 어깨에 얹은 허수아비가 걸어갔고, 끝으로 스물여섯 명의 장교와 이등병이 뒤를 따랐다.

　그들이 왕실로 연결된 문 앞에 다다르자 문이 저절로 열렸다. 하지만 그들은 모두 멈춰서 어두운 동굴 안을 실망한 표정으로 바라보아야만 했다. 왕실은 놈 왕의 질서 정연한 무장한 군사들로 꽉 차 있었다. 그들의 이마에는 전등이 밝게 빛나고 있었고, 전투용 도끼는 적을 찍어 내릴 기세였다. 동상처럼 움직임이 없는 그들은 명령이 떨어지기만을 기다리고 있었다.

　이 무서운 군대 한가운데 바위 옥좌 위에 놈 왕이 앉아 있었다. 하지만 그는 미소를 짓거나 웃지 않았다. 그는 보기에도 무서울 정도로 화가 난 험상궂은 표정을 하고 있었다.

17
싸움에서 이긴 허수아비

도로시와 이브링이 성으로 들어간 빌리나가 과연 성공할지 실패할지 걱정하며 기다리고 있는 동안 놈 왕은 옥좌 위에 앉아서 신나고 만족스러운 기분으로 한동안 기다란 파이프 담배를 피웠다.

그때 마법이 깨졌음을 알리는 옥좌 위의 종이 울리자 왕이 짜증스러운 목소리로 외쳤다.

"제길, 빌어먹을!"

두 번째로 종이 울렸을 때 왕은 화가 나서 소리쳤다.

"이런, 망할!"

세 번째 종이 울렸을 때 그는 분노로 가득 차서 소리를 질렀다.

"히피카로릭!"

그 말의 뜻은 알 수 없었지만 욕이라는 것은 분명했다.

그 후에도 종이 계속해
서 울리자 놈 왕은
너무 화가 나서
말 한마디 내뱉
지 못하고 옥좌에
서 뛰어내려 왕실 안
을 미친 듯이 돌아다녔
다. 도로시는 그가 춤추는 꼭두
각시 같다고 생각했다.

도로시는 종이 울릴 때마다 빌리나
가 한 개의 장식품을 살아 있는 사람으로
변신시켰음을 알고 있었다. 소녀의 가슴속
은 기쁨으로 가득 찼다. 도로시 역시 빌리나의
성공에 놀랐다. 누런 암탉이 어떻게 수많은 장식
품들 중에서 마법에 걸린 왕족들을 찾아낼 수 있는지 궁금했다. 그리
고 종이 열 번 울리고 나서도 계속 종이 울리자 도로시는 이브의 왕족
뿐만 아니라 오즈마와 다른 친구들도 원래 모습을 되찾고 있다는 것을
알았다. 소녀는 무척 기뻤다. 화가 난 놈 왕의 기이함도 그녀를 즐겁게
웃게 만들 뿐이었다. 소녀의 웃음은 왕을 거의 미칠 지경까지 몰고 갔
다. 그는 소녀를 향해 사나운 짐승처럼 소리를 질렀다. 놈 왕은 거의 모
든 마법이 풀리고 포로들이 자유로워졌다는 사실을 알게 되었다. 그는
갑자기 작은 문으로 달려가더니 발코니를 열고 날카롭게 휘파람을 불

어 군사들을 소집했다. 그 즉시 금과 은으로 된 문에서 엄청난 숫자의 군대가 쏟아져 나왔다. 엄격해 보이는 대장을 따라 군대가 나선형 계단을 행진해 올라와 왕실로 들어왔다. 왕실을 꽉 채운 그들은 커다란 지하 동굴까지 대형을 이루고 서서 가만히 명령을 기다렸다.

도로시는 군사들이 안으로 몰려 들어오는 틈에 동굴의 한쪽으로 밀려났다. 소녀는 어린 왕자 이브링의 손을 잡고 커다란 사자와 호랑이 사이에 섰다.

"저 소녀를 잡아라!"

놈 왕이 대장에게 소리치자 군사들이 명령에 따라 움직였다. 하지만 사자와 호랑이가 무섭게 으르렁거리며 날카로운 이빨을 드러내자 그들은 놀라서 뒤로 물러났다.

"짐승들은 신경 쓰지 마라!"

놈 왕이 외쳤다.

"저들은 지금 있는 곳에서 한 발짝도 움직이지 못한다."

그러자 대장이 말했다.

"하지만 소녀를 잡다가 물릴 수도 있습니다."

"내가 해결해 주지. 입을 벌릴 수 없도록 짐승에게 마법을 걸겠다."

그 순간, 놈 왕이 마법을 걸려고 옥좌에서 내려오자마자 목마가 뒤에서 달려들어 뒷다리로 뚱뚱한 왕을 힘차게 뻥 차 버리며 말했다.

"오! 살인자! 반역자!"

군사들 위로 떨어져 멍이 든 왕이 소리쳤다.

"누가 그랬어!"

"내가 그랬지."

목마가 사악하게 으르렁 댔다.

"도로시를 가만히 놔둬. 아니면 또 차 버릴 거야."

"어디 한번 두고 보자."

왕이 대답하면서 목마를 향해 손을 휘두르며 마법의 주문을 외었다.

"자! 이제 움직일 수 있는지 어디 한번 보자, 이 나무로 된 노새야!"

그런데 왕이 마법을 걸어도 목마는 움직일 수 있었다. 목마는 재빨리 왕을 향해 뛰어가 도망가지 못하도록 발길질을 했다. "뻥! 콰당!" 목마의 발길질에 왕의 둥그런 몸뚱이는 공중으로 날아가 대장의 머리 위로 떨어졌다. 대장은 잽싸게 몸을 피해 왕이 바닥에 떨어지도록 내버려 두었다.

"저런, 저런! 왜 내 허리띠의 마법이 듣지 않는 거지?"

왕이 바닥에 주저앉아 놀란 목소리로 말했다.

"저 생물은 나무로 만들어졌습니다."

대장이 말했다.

"아시겠지만 당신의 마법은 나무에는 듣지 않습니다."

"오! 잊고 있었군."

왕이 절뚝거리며 옥좌로 올라가면서 말했다.

"좋아, 소녀를 놔두어라. 어쨌든 도망갈 수는 없으니까."

이 사건으로 흐트러진 군사들은 다시 대열을 정비했고, 목마는 왕실을 가로질러 도로시에게 달려가 배고픈 호랑이 옆에 자리를 잡았다.

그 순간 궁전과 연결된 문이 열리며 이브와 오즈의 사람들이 나타났다. 그들은 화가 난 놈 왕이 군사들 한가운데에 앉아 있는 것을 보고 깜짝 놀라 멈춰 섰다.

"항복하라!"

왕이 큰 소리로 외쳤다.

"너희들은 내 포로다."

그러자 빌리나가 허수아비의 어깨 위에서 대답했다.

"당신은 내게 약속했어. 만약 내가 나의 친구들을 정확하게 고른다면 안전하게 떠나도 좋다고. 당신은 항상 약속을 지킨다며?"

왕이 빌리나의 말을 되받아쳤다.

"나는 너희가 내 궁전을 안전하게 떠나도 좋다고 말했다. 하지만 내 왕국을 안전하게 떠나는 것은 장담 못한다. 너흰 나의 포로야. 나는 너희를 불길이 날름거리고 녹은 용암이 흘러내리는 지하 감옥에 가둬 버릴 거야."

허수아비가 슬프게 말했다.

"그러면 난 끝장나겠군. 푸른색이든 녹색이든 작은 불길 하나면 나를 잿더미로 만들기 충분해."

"항복하겠는가?"

왕이 물었다.

빌리나는 허수아비에게 귓속말을 했다. 그 말을 들은 허수아비는 미소를 지으며 두 손을 재킷 호주머니에 넣었다.

"싫다!"

오즈마가 대담하게 왕의 말에 대답했다. 그러고 나서 오즈마는 그녀의 군대에게 말했다.

"전진하라, 나의 용감한 군사들이여! 너희의 군주를 위해, 그리고 너희 자신을 위해 죽을 때까지 싸워라!"

"그런데 고귀하신 오즈마 공주여."

장군 하나가 말했다.

"나와 내 형제인 장교들은 심장병이 있어서요, 조금만 흥분해도 죽을 수 있어요. 싸우게 되면 흥분할지도 몰라요. 이런 엄청난 위험은 피하는 게 좋지 않을까요?"

"군사는 심장병이 있어선 안 돼."

오즈마가 말했다.

"이등병은 심장병이 없습니다."

다른 장군이 수염을 꼬며 사려 깊게 말했다.

"만약 주군의 바람이 그러하시다면 우리는 명령을 받들어 이등병에게 군사를 공격하라고 명령하겠습니다."

"그렇게 하라."

오즈마가 대답했다.

"앞으로 전진!"

모든 장군들이 한목소리로 외쳤다.

"앞으로 전진!"

대령들이 외쳤다.

"앞으로 전진!"

소령들이 외쳤다.

"앞으로 전진!"

병장들이 외쳤다.

그러자 이등병이 창을 겨누고 적을 향해 맹렬하게 돌진했다.

놈의 대장은 이등병의 맹공격에 놀란 나머지 군사들에게 싸우라고 명령을 내리는 것을 잊어 버렸다. 그래서 첫 번째 줄의 열 명은 이등병의 창에 맞아 장난감 병정처럼 우르르 넘어졌다. 이등병의 창은 군사들의 갑옷을 뚫지는 못했지만 창에 맞은 군사들이 발이 뒤엉켜 쓰러지는 바람에 다음 줄의 군사들도 쉽게 쓰러졌다.

그때 놈의 대장이 이등병의 창을 향해 전투용 도끼를 크게 휘둘렀다. 불시의 공격을 받은 이등병의 창이 댕강 부러져 버려서 그는 더 이상 싸울 수 없었다.

놈 왕은 일이 어떻게 되어 가는지 보려고 옥좌에서 일어나 군사들이 있는 앞줄로 나갔다가 이등병의 용맹한 행동에 자극을 받은 오즈마와 친구들을 마주하게 되었다. 그때 허수아비는 재킷 호주머니에서 빌리나의 알 하나를 꺼내 왕의 작은 머리를 향해 던졌다. 달걀은 정확히 왕의 눈으로 날아가 깨졌다. 왕의 얼굴과 머리와 수염에는 끈끈한 달걀이 주르륵 흘러내렸다.

"도와줘, 도와줘!"

왕이 깨진 달걀로 뒤범벅이 된 눈을 감싸며 비명을 질렀다.

"달걀이다! 달걀이다! 도망쳐라!"

대장이 공포에 질린 목소리로 소리쳤다.

놀란 군사들은 자신들의 생명을 위협하는 치명적인 달걀을 피해 서

로 밀치며 이리저리 도망쳤다. 구불구불한 계단으로 미처 달려가지 못한 군사는 발코니 아래의 거대한 동굴로 몸을 던져 아래에 있던 사람들 위로 떨어졌다. 군사들이 다 도망가 버려 텅 빈 왕실에 홀로 남게 된 왕은 도와 달라고 소리쳤다. 하지만 그가 왼쪽 눈에서 달걀을 채 걷어 내기도 전에 허수아비가 두 번째 달걀을 그의 오른쪽 눈을 향해 던졌다. 그 바람에 왕은 완전히 장님이 되어 버리고 말았다. 앞이 보이지 않게 된 왕은 달아날 수가 없었다. 그래서 그는 그저 가만히 한곳에서 공포에 질려 소리치고 비명을 지를 뿐이었다.

그동안 빌리나는 도로시에게 날아가 사자의 등 위에 자리를 잡고 소녀에게 속삭였다.

"왕의 허리띠를 빼앗아! 놈 왕의 보석 박힌 허리띠 말이야! 빨리, 도로시!"

18
양철 나무꾼의 운명

빌리나의 말을 들은 도로시는 아직도 달걀이 묻은 눈을 닦고 있는 놈 왕의 뒤로 달려가 그의 보석 박힌 허리띠를 잽싸게 풀어서 호랑이와 사자 옆으로 가지고 왔다. 도로시는 허리띠를 어떻게 해야 할지 몰라 일단 자신의 가느다란 허리에 둘렀다. 그때 시종장이 스펀지와 물 한 그릇을 가지고 달려와 주인의 얼굴에서 달걀을 닦아 내기 시작했다. 모두들 잠시 동안 서서 왕이 다시 눈을 뜨는 것을 지켜보았다. 왕은 눈을 뜨자마자 허수아비를 사악하게 노려보며 소리쳤다.

"이 일을 저지른 너에게 벌을 내리겠다. 이 밀짚으로 만든 인형아! 달걀은 우리 놈 족에게 독이라는 것을 몰랐단 말이냐?"

허수아비가 말했다.

"정말 달걀은 당신에게 맞지 않는 것 같군요. 그것 참 신기하네요."

빌리나가 말했다.

"내 달걀은 아주 신선해. 당신은 그 달걀을 맞은 것을 기뻐해야 해."

"너희 모두를 전갈로 바꿔 버리겠다!"

화가 난 왕은 팔을 휘두르며 주문을 외기 시작했다.

하지만 아무도 전갈로 변하지 않았다. 왕은 놀란 얼굴로 그들을 쳐다보았다.

"뭐가 잘못됐지?"

시종장이 왕을 주의 깊게 살펴보더니 말했다.

"마법 허리띠를 안 차고 계시네요. 허리띠가 어디로 갔지? 허리띠를 어쩌셨어요?"

놈 왕은 손으로 자신의 허리를 만져 보았다. 곧 그의 바위색 얼굴이 분필처럼 하얗게 변했다.

"없어, 없다고. 난 망했어!"

왕은 절망적으로 외쳤다.

그러자 도로시가 한 발짝 앞으로 나서며 말했다.

"오즈마 공주와 이브의 여왕이여, 당신들과 다른 사람들이 지상으로 돌아가 살게 되어서 다행이에요. 빌리나가 당신들을 구했어요. 어서 이 끔찍한 장소를 떠나 이브로 돌아가요."

소녀가 얘기하는 동안 모두들 도로시가 마법 허리띠를 차고 있는 것을 보았다. 허수아비와 이등병을 필두로 도로시의 친구들은 모두 응원의 목소리를 냈다. 놈 왕은 매 맞은 개처럼 옥좌로 돌아가 드러누우며 자신의 쓰디 쓴 패배를 실감했다.

"하지만 우린 아직 우리의 충직한 친구 양철 나무꾼을 찾지 못했어."

오즈마가 도로시에게 말했다.

"양철 나무꾼 없이는 돌아가고 싶지 않아."

"나도 그래. 그가 궁전 안에 없었니?"

도로시가 물었다.

"양철 나무꾼은 분명히 궁전 안에 있을 거야. 하지만 어떤 것이 양철 나무꾼인지 전혀 알 수가 없었어."

빌리나가 말했다.

"다시 궁전으로 돌아가자. 아마 이 마법 허리띠로 우리 친구를 찾을 수 있을 거야."

도로시는 여전히 열려 있는 입구를 통해 궁전으로 다시 들어갔다. 놈 왕과 이브의 여왕, 이브링 왕자를 제외한 모두는 도로시를 따라갔다. 어린 왕자의 엄마는 가장 어린 아이를 무릎 위에 올려놓고 키스했다.

도로시는 첫 번째 방의 한가운데로 가서 왕이 했던 것처럼 손을 휘두르며 양철 나무꾼이 어떤 모습이든 원래 모습을 되찾게 해 달라고 명령했다. 하지만 아무 반응이 없자 다시 다른 방으로 가서 똑같은 행동을 반복했다. 소녀는 성 안의 모든 방들로 가서 다 시도해 보았다. 하지만 양철 나무꾼은 그들 앞에 나타나지 않았다. 그리고 그들은 수천 개의 장식품 중에서 그들의 변신한 친구가 어떤 것인지 알 수 없었다.

도로시 일행은 슬픈 얼굴을 하고 놈 왕이 있는 왕실로 돌아왔다. 그들의 실패를 눈치챈 놈 왕은 도로시를 놀리며 말했다.

"나의 마법 허리띠를 어떻게 사용하는지 모르는구나. 나에게 마법 허리띠를 돌려주면 너와 네 친구들을 모두 자유롭게 풀어 주지. 하지만 이브의 왕족들은 나의 노예니까 여기 남아 있어야만 해."

"난 마법 허리띠를 돌려주지 않을 거예요."

"그렇다면 내 허락 없이 어떻게 탈출할 거지?"

"쉽죠. 우리가 들어온 길로 걸어 나가면 되잖아요."

"오, 그게 전부일까? 네가 이 왕실로 들어온 통로가 어디 있지?"

왕이 코웃음을 쳤다.

왕의 얘기를 들은 도로시 일행은 주위를 둘러보았다. 그들이 들어온 길은 이미 오래전에 막혀 있었다. 그러나 도로시는 실망하지 않았다. 소녀는 동굴의 단단한 벽처럼 보이는 곳을 향해 손을 휘저으며 말했다.

"통로야, 열려라!"

그러자 그들 앞에 통로가 나타났다.

왕은 깜짝 놀랐다.

"마법 허리띠가 네 명령을 듣는다면 왜 우린 양철 나무꾼을 찾지 못한 거지?"

오즈마가 물었다.

"나도 모르겠어."

도로시가 말했다.

"보아라, 소녀여. 내게 허리띠를 넘겨라. 그러면 양철 나무꾼이 어떤 모양으로 변했는지 말해 주겠다. 그러면 그를 쉽게 찾을 수 있을 거야."

도로시가 망설이자 빌리나가 외쳤다.

"허리띠를 주지 마! 만약 놈 왕이 다시 허리띠를 갖게 되면 우리 모두를 포로로 만들어서 그의 손아귀에 넣을 거야. 도로시, 허리띠를 가지고 있으면 이곳을 안전에게 벗어날 수 있어."

"나도 그 말이 맞다고 생각해."

허수아비가 말했다.

"내 좋은 머리 덕분에 좋은 방법이 생각났어. 놈 왕이 우리 친구 양철 나무꾼이 변한 장식품을 궁전에서 가지고 나오지 않으면 도로시가 놈 왕을 거위 알로 만들어 버리는 건 어때?"

"거위 알이라고! 끔찍해라!"

왕이 무서워하며 소리쳤다.

"네가 가서 우리가 원하는 장식품을 가져오지 않는다면 넌 거위 알이 되는 거야."

빌리나가 신이 나서 외쳤다.

"도로시가 마법 허리띠를 제대로 사용하는 걸 직접 보셨죠?"

허수아비가 말했다.

놈 왕은 잠시 생각해 보더니 거위 알이 되고 싶지 않았던지 결국 동의했다. 놈 왕은 양철 나무꾼이 변한 장식품을 가지러 궁전 안으로 들어갔다. 그들은 모두 왕이 돌아오기만을 기다렸다. 모두들 어서 이 음침한 지하 동굴을 벗어나 태양을 보고 싶은 마음에 참을성 있게 기다렸다. 하지만 놈 왕은 당황한 얼굴을 하고 빈손으로 돌아왔다.

"없어졌어! 양철 나무꾼은 성 안 어디에도 없어."

왕이 말했다.

"확실한가?"

오즈마가 엄하게 물었다.

"확실해."

왕이 떨면서 대답했다.

"난 그가 무엇으로 변했는지, 어디에 있는지 정확하게 알고 있어. 하지만 그는 그곳에 없었어. 제발 날 거위 알로 만들지 말아 줘. 난 최선을 다했어."

다들 한동안 아무 말도 없었다. 잠시 후 도로시가 입을 열었다.

"우리 친구 없이 이곳을 떠난다면 놈 왕을 벌한다 해도 아무 소용 없어."

"그가 이곳에 없다면 구해 줄 수도 없잖아."

허수아비가 슬프게 말했다.

"불쌍한 닉! 그가 뭐로 변했는지 궁금하구나."

"양철 나무꾼은 내게 한 달 반치 봉급을 빚졌어요."

장군 한 명이 금실이 수놓아진 코트 소매로 눈물을 훔치며 말했다.

그들은 무척이나 슬펐지만 친구 없이 지상 세계로 떠나기로 결정했다. 오즈마는 통로를 향해 행진하라고 명령했다. 군대가 먼저 앞섰고, 그 뒤로 이브의 왕족이 따랐다. 그리고 도로시와 오즈마, 빌리나, 허수아비와 똑딱이 따라갔다.

그들이 떠나자 놈 왕은 그의 옥좌로 기어 올라갔다. 뒤를 돌아본 오

즈마는 그들을 따라 엄청난 수의 군사들이 전속력으로 쫓아오는 것을 보았다. 군사들은 검과 창, 도끼를 들고 맹렬히 쫓아오고 있었다. 그것은 놈 왕이 그들의 탈출을 막으려는 마지막 시도였다. 하지만 그래 봤자 소용없었다. 군사들을 발견한 도로시가 손을 휘저으며 마법의 허리띠에게 명령하자 선두에 있던 군사들이 순식간에 달걀로 변해서 동굴 바닥에 굴러다녔다. 뒤에 있던 군사들은 달걀을 밟고 앞으로 나올 수가 없었다. 달걀을 본 군사들은 앞으로 나가려는 의지를 잃고 미친 듯이 동굴을 향해 돌아갔다.

그 후로 동굴을 빠져나오기까지 우리 친구들에게는 아무런 문제도 없었다. 그들은 곧 바깥세상의 높다란 두 산 사이로 난 어두침침한 길 위로 올라갔다. 이브의 나라로 가는 길이 그들 앞에 놓여 있었다. 그들은 놈 왕과 그의 끔찍한 궁전을 보는 일이 이번이 마지막이기를 간절히 바랐다.

겁쟁이 사자를 탄 오즈마가 대열을 이끌었고, 이브의 여왕은 호랑이의 등에 올라탔다. 여왕의 아이들은 엄마 뒤에서 손을 잡고 걸었다. 도로시는 목마를 타고, 허수아비는 양철 나무꾼이 없는 군대를 지휘하며 걸었다.

두 산 사이로 나 있는 길에 햇빛이 비치며 점점 밝아졌다. 머지않아 거인의 망치 소리가 "쿵! 쿵! 쿵!" 들려왔다.

"저런 철로 된 괴물을 몇 번이나 지나야 하나요?"

아이들의 안전이 걱정된 여왕이 물었다. 그러자 도로시가 마법의 허리띠로 주문을 걸어 문제를 해결해 주었다. 거인은 망치를 든 채 정지했고, 모두들 무쇠로 된 다리 사이를 안전하게 지나갔다.

19
이브의 왕

산비탈의 놈 족들은 예전처럼 무례하게 웃어 대거나 우리 친구들을 화나게 하지 않았다. 그들은 자신들의 왕이 패한 이후로 전혀 웃지 않았다.

도로시와 친구들은 예전에 세워 둔 오즈마의 금 전차를 발견했다. 오즈마는 사자와 호랑이를 아름다운 전차의 마구에 맸다. 전차에는 오즈마와 여왕, 그리고 여섯 명의 아이들이 더 탈 자리가 충분했다.

어린 이브링은 도로시와 함께 목마를 타고 가는 것을 더 좋아했다. 낯가림이 없어진 왕자는 자신을 구해 준 소녀를 잘 따랐다. 그들은 친구가 되었다. 둘은 기분 좋게 이야기하며 길을 갔다. 빌리나 역시 나무 말의 머리에 가볍게 자리를 잡았고, 목마는 그 정도 무게쯤은 아무것도 아니라는 듯 신경 쓰지 않았다. 소년은 암탉이 그렇게 분별 있는 말을 하는

것을 보
고 깜짝
놀랐다.

깊은 절벽이 길
을 가로막았을 때
오즈마의 마법 카펫이 그
들 모두를 안전하게 옮겨 주었다.
이제 그들은 새들이 지저귀는 숲을
지났다. 이브의 농장으로부터 꽃향기와
싱싱한 건초 향이 솔바람에 묻어 왔다. 일행을
향해 따사롭게 내리쬐는 햇볕이 지하의 놈 왕국
의 차가움과 축축함을 씻어 주었다.

"양철 나무꾼만 우리 곁에 있다면 꽤 기분 좋을 텐
데. 그를 두고 오니 마음이 찢어지는 것 같아."

허수아비가 똑딱에게 말했다.

"양-철 나무꾼은 좋은 사-람이었어요. 비록 그의 양-철-은 그-리
내-구-성이 뛰어난 재-료-는 아니지만."

똑딱이 대답했다.

"오, 양철은 훌륭한 재료야. 불쌍한 그에게 무슨 일이 생길 때마다 항
상 쉽게 땜질하곤 했어."

"나도 때-로는 당신-처럼 짚으로 채워-졌으면 좋겠-다고 생각-합
니다. 구-리로 만들-어져 있다는 건 힘들어요."

"난 나를 구성하는 재료에 불만이 없어. 가끔 신선한 지푸라기로 갈아 주면 새것처럼 변하지. 하지만 난 두고 온 불쌍한 친구 양철 나무꾼처럼 절대로 광을 낸 신사가 될 수는 없을 거야."

이브의 여왕과 왕가의 아이들은 그들의 사랑하는 조국을 보고 기뻐했다. 이브의 궁전이 시야에 들어오자 그들은 참지 못하고 환호성을 질렀다. 도로시 앞에 타고 있던 어린 이브링이 즐거워하며 호주머니에 있는 신기한 양철 호루라기를 꺼내 불자, 그 소리를 들은 목마가 놀라서 갑자기 앞으로 내달렸다. 빌리나는 목마의 머리 위에서 균형을 잡으려고 애쓰며 왕자에게 물었다.

"그게 뭐야?"

"내 호루라기야."

이브링 왕자가 호루라기를 손 위에 올려놓으며 말했다.

그것은 양철로 만들어진 작고 뚱뚱한 녹색 돼지였다. 돼지의 꼬리 부분이 호루라기였다.

"어디서 났어?"

누런 암탉이 반짝이는 눈으로 장난감을 살펴보며 물었다.

"도로시가 선택하는 동안 놈 왕의 궁전에서 주워서 호주머니에 넣어 뒀어."

어린 왕자가 대답하자 빌리나가 웃는 것처럼 "꼬꼬." 소리를 냈다.

"내가 양철 나무꾼을 못 찾은 게 놀랍지도 않군. 마법의 허리띠가 양철 나무꾼을 못 찾은 것도 당연하지. 놈 왕이 그를 찾을 수 없었던 것도!"

"무슨 뜻이야?"

도로시가 물었다.

"왕자가 양철 나무꾼을 호주머니에 넣고 있었어."

어린 이브링이 항의했다.

"난 그런 적 없어. 난 단지 호루라기를 주웠을 뿐이야."

"그렇다면 나를 잘 봐."

암탉이 발톱으로 호루라기를 건드리며 말했다.

"이브."

그 순간 양철 나무꾼이 깔때기 모자를 벗으며 도로시와 왕자에게 인사했다.

"안녕! 나는 양철로 만들어지고 나서 처음으로 잠을 잔 것 같아. 놈 왕국을 떠난 일이 기억나지 않거든."

소녀가 기뻐하며 친구를 팔로 꼭 감싸 안으며 말했다.

"넌 마법에 걸려 있었어. 하지만 이젠 괜찮아."

어린 왕자가 울기 시작했다.

"내 호루라기 돌려 줘!"

그러자 빌리나가 주의를 줬다.

"조용! 이제 호루라기는 없어. 하지만 집에 가면 다른 것을 줄게."

허수아비는 오랜 친구를 다시 보게 되어 기쁘고 놀라워서 그의 가슴에 폭 안겼다. 똑딱은 양철 나무꾼의 손을 꽉 잡고 악수했다. 때문에 양철 나무꾼의 손에 눌린 자국이 생길 정도였다. 오즈마도 양철 나무꾼을 환영했다. 군대도 그를 보고 기뻐하며 환호성을 질렀다.

대열은 오래지 않아 왕궁에 도착했다. 그곳에는 많은 백성들이 여왕과 열 명의 왕자와 공주를 환영하려고 모여 있었다. 행복한 미소를 짓고 있는 백성들은 환호성을 지르며 그들이 가는 길에 꽃을 던졌다.

그들은 거울 방에서 랑귀데르 공주를 찾았다. 그녀는 마침 적갈색 머리카락에 몽롱한 암갈색 눈동자, 오똑한 코를 가진 머리를 쓰고 감탄하고 있었다. 공주는 이브를 다스리는 임무에서 벗어나게 되어 몹시 기뻐했다. 여왕은 관대하게도 그녀의 방과 머리 진열장을 살아 있는 동안 계속 사용할 수 있게 해 주었다.

그리고 여왕은 백성들이 보이는 발코니로 맏아들을 데려가 말했다.

"여기 여러분의 다음 통치자가 있습니다. 이바르도 15세 왕입니다. 그는 열다섯 살이고, 재킷에 열다섯 개의 버클이 있습니다. 이바르도 15세가 이브를 통치할 것입니다."

사람들은 열다섯 번 환호성을 질러 그를 인정했고, 바퀴 인간들도 좋아하며 새로운 왕에게 복종하겠다고 크게 외쳤다. 여왕은 루비가 박힌 커다란 황금 왕관을 이바르도의 머리에 씌워 주고, 흰 족제비 털로

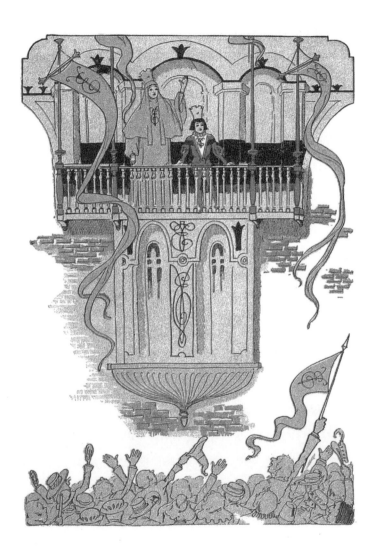

된 망토를 그의 어깨에 둘러 주며 왕이라 칭했다. 이바르도는 백성들에게 감사 인사를 하고 나서 왕실의 식료품 창고에 케이크가 있는지 찾으러 갔다.

오즈의 오즈마와 도로시, 똑딱, 빌리나와 그 일행은 그들 덕분에 행복을 되찾게 된 여왕에게 성대하게 대접받았다. 그날 밤 새 왕은 누런 암탉에게 존경의 표시로 진주와 사파이어로 된 아름다운 목걸이를 선물했다.

20
에메랄드 시

도로시는 오즈마와 함께 오즈의 나라로 가자는 초대를 받아들였다.
오즈에서는 이브에 있는 것보다 집으로 돌아갈 수 있는 기회가 더 많
을 것 같았다. 소녀는 자신이 멋진 모험을 했던 도시를 한 번 더 보고
싶기도 했다. 그때쯤 호주에 도착한 헨리 아저씨는 도로시를 잃은 슬
픔에 잠겨 있었다. 하지만 도로시는 자신이 이곳에 조금 더 머무른다
고 해서 아저씨가 더 걱정할 일도 없을 것 같아서 오즈로 가기로 했다.

그들은 이브 사람들과 작별 인사를 나누었다. 이브의 왕은 오즈마
에게 감사하며 자신의 힘이 닿는 일이라면 오즈의 나라를 위해 어떤
일도 하겠다고 약속했다.

이브를 출발한 그들은 죽음의 사막 가장자리에 도착했다. 오즈마는
마법 카펫을 펼쳤다. 카펫은 모두가 충분히 걸어갈 수 있을 만큼 길게

퍼졌다.

똑딱은
도로시의
충직한 하인
이라고 자처
했기 때문에 일
행에 합류하도록 허락받았다.
출발하기 전 소녀는 똑딱의 태엽을
끝까지 감아 주었고, 구리 로봇은 다른
사람들처럼 씩씩하게 발을 내디뎠다. 오즈마
는 빌리나도 오즈의 나라로 초대했다. 누런 암탉
은 자신을 기다리고 있는 새로운 세계에 들떴다. 이른
아침에 사막을 횡단하는 여행을 시작한 그들은 빌리나가
알을 낳는 동안 잠깐 멈춘 것을 빼고는 계속 행진해서 해가 지
기 전에 아름다운 오즈의 녹색 풍경과 숲으로 우거진 언덕을 볼 수
있었다. 그들은 먼치킨 지방으로 들어갔다.

　먼치킨 왕은 국경까지 나와 그들을 맞이했다. 그는 존경하는 오즈
마를 환영하며 그녀의 안전한 귀환을 기뻐했다. 먼치킨의 왕과 윙키
의 왕과 콰들링의 왕과 질리킨의 왕이 그들의 국민을 다스리는 것처
럼 오즈의 오즈마가 그들을 다스렸기 때문이다. 오즈의 군주는 오즈의
나라 네 지방의 한가운데 있는 에메랄드 시라고 부르는 훌륭한 도시
에 살면서 오즈를 다스렸다.

먼치킨 왕은 그날 밤 궁전에서 그들을 대접했다. 다음 날 아침 에메랄드 시를 향해 출발한 일행은 보석이 박힌 에메랄드 시의 성문으로 곧장 연결되는 노란 벽돌 길을 따라 걸었다. 어디서나 사람들은 사랑스러운 오즈마에게 인사하고 허수아비와 양철 나무꾼과 가장 인기 많은 겁쟁이 사자를 환호하며 맞아 주었다. 도로시도 오즈를 처음 방문했을 때 친구가 된 사람들을 기억했다. 그들도 어린 캔자스 소녀를 다시 보게 되어 기뻐하며 도로시에게 칭찬과 함께 좋은 일이 있기를 바란다고 빌어 주었다.

잠시 휴식하기 위해 멈춘 오즈마는 귀여운 우유 짜는 소녀에게서 우유를 한 그릇 가득 받아 마셨다. 오즈마는 그녀를 가까이서 보고 놀라서 외쳤다.

"세상에, 진저잖아!"

"맞습니다. 여왕 폐하."

진저가 공손하게 인사하며 대답했다.

도로시는 군대를 조직해 에메랄드 시의 옥좌에서 허수아비를 몰아내고 강력한 마법사인 글린다의 군대와 대치한 소녀가 눈앞에 있다는 사실에 신기해하며 쳐다보았다.

"난 소를 아홉 마리 가진 사람과 결혼했지요. 지금 난 행복하게 조용한 삶을 살면서 내게 주어진 일에 만족하고 있어요."

진저가 오즈마에게 말했다.

"남편은 어디에 있어?"

"집 안에서 멍든 눈을 치료하고 있어요."

진저가 차분하게 대답했다.

"그 바보 같은 남자는 내가 흰 소의 젖을 짜라고 했는데 붉은 소의 젖을 짜야 한다고 대들었어요. 하지만 다음번에는 제대로 하겠죠."

일행은 다시 길을 떠났다. 배로 넓은 강을 건너고 돔 모양에 예쁜 녹색으로 칠해진 많은 농가를 지나자 깃발과 휘장으로 둘러진 커다란 건물이 나왔다.

"저 건물은 뭐지? 기억이 없는데."

도로시가 물었다.

"저건 왕립 예술 체육 대학이야."

오즈마가 대답했다.

"최근에 지었어. 워글 벌레가 저곳의 학장으로 있어. 그는 대학에 등

록한 젊은이들이 전보다 더 나빠지지 않게 하느라 늘 바빠. 이 나라에서 일하기 싫어하는 젊은이들에게 대학은 안성맞춤이거든."

이제 드디어 그들 눈에 에메랄드 시가 보였다. 사람들은 사랑스러운 군주에게 인사하기 위해 떼를 지어 나와 있었다. 악단과 장교들과 왕국의 공무원들, 휴일 의상을 입은 시민들도 있었다.

아름다운 오즈마는 훌륭한 호위를 받으며 그녀의 장엄한 도시로 입성했다. 커다란 환호성 속에서 오즈마는 시민들의 인사에 보답하기 위해 계속해서 이쪽저쪽으로 인사해야 했다.

그날 밤 궁전에서 오즈의 중요한 사람들이 모두 참석한 성대한 파티가 열렸다. 조금 많이 익었지만 아직 쌩쌩한 호박 머리 잭이 이웃 나라의 왕족들을 구하는 관대한 임무를 성공시킨 오즈의 오즈마를 축하하는 연설문을 읽었다. 그런 다음 스물여섯 명의 장교들에게 귀한 보석이 박힌 커다란 금메달이 수여되었다. 양철 나무꾼은 다이아몬드가 박힌 새 도끼를 받았고, 허수아비는 얼굴에 바르는 분이 든 은으로 된 함을 받았다. 예쁜 왕관 장식을 받은 도로시는 오즈의 공주로 임명되었다. 똑딱은 아주 투명하고 반짝이는 에메랄드가 여덟 줄 박힌 팔찌 두 개를 받았다.

그들은 성대한 잔칫상 앞에 앉았다. 오즈마는 도로시를 그녀의 오른쪽에, 빌리나를 왼쪽에 앉혔다. 빌리나는 금으로 된 횃대에 앉아 보석 박힌 접시에 든 음식을 먹었다. 음식을 먹지 않는 허수아비와 양철 나무꾼과 똑딱의 앞에는 아름다운 꽃바구니가 놓였다. 스물여섯 명의 장교는 테이블 아래쪽에 앉았고, 사자와 호랑이도 역시 자리를 차지하고 앉아 금 접시에 푸짐한 음식을 대접받았다.

에메랄드 시에서 가장 잘살고 중요한 시민들은 이 유명한 일행과 함께하게 된 것이 무척이나 자랑스러웠다. 활기 넘치는 작은 하녀 젤리아 잼이 그들의 시중을 들었다. 허수아비가 젤리아의 장밋빛 볼을 꼬집는 모습을 보니 둘은 서로 꽤 잘 아는 듯했다.

연회가 열리는 동안 오즈마는 생각에 잠겨 있다가 말문을 열었다.

"이등병은 어디에 있지?"

"오, 이등병은 병영 청소를 하고 있습니다."

칠면조 다리를 뜯던 장군 하나가 대답했다.

"이등병이 일이 다 끝나면 먹을 수 있도록 빵과 당밀을 가져다주라고 명령해 놓았습니다."

"그를 불러오라."

소녀 군주가 말했다.

이등병이 올 동안 오즈마가 물었다.

"군대에 다른 이등병은 없나요?"

"오, 있지. 세 명쯤 있을 거야."

양철 나무꾼이 대답했다.

이등병이 들어와서 장교들과 오즈마 공주에게 예의를 갖춰 경례했다.

"이름이 뭐냐?"

오즈마가 물었다.

"옴비 앰비입니다."

이등병이 대답했다.

"그러면 옴비 앰비, 너를 내 왕국의 모든 군대의 총사령관으로, 특히 나의 경호 대장으로 임명하겠다."

오즈마가 말했다.

"그런 직책들을 유지하려면 돈이 많이 듭니다. 전 군복을 살 돈도 없어요."

이등병이 망설이며 대답했다.

"왕실 재무부에서 지원할 것이다."

이등병은 테이블에 자리를 배정받았다. 다른 장교들은 그를 진심으로 환영했다. 연회는 다시 흥겨워졌다.

갑자기 젤리아 잼이 외쳤다.

"더 이상 음식이 없어요! 배고픈 호랑이가 다 먹어 버렸어요!"

"하지만 그리 나쁜 일은 아니야."

호랑이가 구슬프게 말했다.

"왜 그런지는 모르겠지만 난 정말로 식욕을 잃어버렸어!"

21
도로시의 마법 허리띠

도로시는 오즈의 나라에서 오즈마 공주의 손님으로 아주 행복하게 몇 주를 보냈다. 오즈마는 캔자스에서 온 작은 소녀를 즐겁고 재미있게 해 주고 싶었다. 도로시는 새로운 사람들을 만나고 옛날에 알던 사람들도 만났다. 어디를 가나 도로시는 친구들에게 둘러싸여 있었다.

어느 날 오즈마의 방에 앉아 있던 도로시는 벽에 걸려 있는 그림이 계속해서 변하는 것을 보았다. 한 번은 초원을, 또 한 번은 숲 속을, 그리고 호수나 마을을 보여 주는 그림이었다.

"정말 신기해!"

잠깐씩 변하는 풍경을 바라보던 도로시가 외쳤다.

"그렇지? 저건 정말 훌륭한 마법이야."

오즈마가 말했다.

"내가 보고 싶은 곳이나 보고 싶은 사람이 있다면 그림 앞에서 말하기만 하면 되거든."

"내가 한번 해 봐도 될까?"

도로시가 간절히 물었다.

"당연하지."

"난 캔자스 농장과 엠 아주머니가 보고 싶어."

소녀가 말했다.

그러자 캔자스의 농장이 그림 속에 나타났다. 엠 아주머니도 똑똑히 보였다. 그녀는 부엌에서 설거지를 하고 있었는데 꽤 건강하고 좋아 보였다. 집 뒤로 곡식을 수확하고 있는 일꾼들도 보였다. 소녀가 보기에도 옥수수와 밀이 아주 잘 익어 있었다. 현관 옆에는 도로시의 애완견 토토가 햇볕 아래 누워 잠들어 있었다. 놀랍게도 암탉 얼룩이가 병아리 열두 마리를 이끌고 돌아다니고 있었다.

"집은 모든 것이 평화롭구나."

도로시가 안도의 한숨을 내쉬며 말했다.

"이제 헨리 아저씨가 뭘 하고 있는지 보여 줘."

풍경은 즉시 호주의 쾌적한 방 안으로 바뀌었다. 헨리 아저씨는 안락의자에 앉아서 엄숙하게 파이프 담배를 피우고 있었다. 아저씨는 슬프고 외로워 보였다. 머리는 하얗게 새고 손과 얼굴은 마르고 수척했다.

"오! 헨리 아저씨는 조금도 좋아지지 않았어. 내 걱정 때문이야. 오즈마, 난 당장 아저씨께 가야겠어."

도로시가 걱정스러운 목소리로 외쳤다.

"어떻게 가게?"

"나도 모르겠어."

"착한 마녀 글린다에게 한번 가 보자. 분명히 글린다는 어떻게 하면 내가 헨리 아저씨께 갈 수 있는지 조언해 줄 거야."

오즈마는 즉시 녹색과 분홍색으로 된 예쁜 마차에 목마를 묶었다. 두 소녀는 유명한 마법사를 방문하기 위해 마차를 타고 출발했다.

글린다는 그들을 상냥하게 맞아 주었다. 그녀는 도로시의 이야기를 관심 있게 들었다.

도로시가 말했다.

"아시다시피 저는 마법 허리띠를 가지고 있어요. 그 허리띠를 차고 헨리 아저씨께 데려다 달라고 명령하면 해 줄까요?"

글린다가 미소를 지으며 말했다.

"그렇겠지."

"그럼, 그다음에 만약 여기로 다시 돌아오고 싶으면 허리띠에게 명령하면 되겠네요."

마법사가 말했다.

"그건 아니란다. 허리띠의 마법은 오즈나 이브 같은 요정의 나라에서만 작용한단다. 나의 작은 친구, 허리띠를 차고 너를 아저씨가 있는 호주로 데려다 달라고 하면 그 소원은 분명히 이루어질 거야. 요정의 나라 안에서 소원을 빌었으니까. 하지만 네가 호주로 가고 나면 넌 마법 허리띠를 찾을 수 없을 거야."

"허리띠는 어떻게 되는데요?"

"네가 전에 오즈를 방문했다가 캔자스로 돌아갔을 때 은 구두가 사라졌던 것처럼 허리띠도 없어질 거야. 아무도 다시는 허리띠를 보지 못하겠지. 마법 허리띠를 그런 식으로 파괴하는 건 안타까운 일이라고 생각하지 않니?"

도로시가 잠시 생각한 후에 말했다.

"그렇다면 마법 허리띠를 오즈마에게 주겠어요. 오즈마가 오즈를 위해 사용할 수 있도록요. 오즈마가 저를 헨리 아저씨가 있는 곳으로 보내 달라고 소원을 빌면 허리띠를 잃지 않아도 돼요."

"정말 현명한 생각이구나."

글린다가 대답했다.

그들은 다시 에메랄드 시로 돌아왔다. 오즈마는 매주 토요일 아침마다 도로시가 어디에 있든지 마법의 그림으로 살펴보기로 약속했다. 그리고 도로시가 어떤 신호를 보내면 작은 캔자스 소녀가 다시 오즈로 오고 싶어 하는 뜻으로 알고, 놈 왕의 마법 허리띠로 도로시를 오즈로 다시 불러오기로 했다.

도로시는 모든 친구들에게 작별 인사를 했다. 똑딱은 소녀와 함께

213

호주로 가고 싶어 했지만 도로시는 문명화된 나라에서 기계 로봇의 작동이 멈출 수도 있다는 것을 알고 있었기에 오즈마에게 남겨 두고 가기로 했다. 반대로 빌리나는 다른 어느 곳보다 오즈의 나라를 좋아해서 함께 가자는 도로시의 제안을 거절했다.

"이곳의 벌레와 개미가 세상 어느 곳보다 맛있어. 게다가 양도 많고. 난 여기서 죽을 때까지 살 거야. 도로시, 그렇게 멍청하고 단조로운 세상으로 다시 돌아가려고 하다니 넌 정말 바보야."

"헨리 아저씨에겐 내가 있어야 해."

도로시가 간단하게 대답했다. 빌리나만 빼고 모두들 도로시가 당연히 가야 한다고 생각했다.

오즈의 나라에 있는 도로시의 옛 친구들과 새 친구들은 궁전 앞에 모여 그녀에게 슬픈 작별 인사를 하며 건강과 행복을 빌어 주었다. 모두와 악수하고 나서 도로시는 오즈마에게 한 번 더 키스하고 그녀에게 놈 왕의 마법 허리띠를 넘겨주었다.

"이제 공주님, 내가 손수건을 흔들면 날 헨리 아저씨께 보내 줘. 너와 허수아비와 양철 나무꾼과 겁쟁이 사자와 그리고 똑딱과 모두를 떠나게 되어 너무 슬퍼. 하지만 헨리 아저씨 곁에 있고 싶어! 모두들 안녕."

작은 소녀는 정원을 장식한 커다란 에메랄드 위에 서서 친구들을 한 번씩 더 바라본 후에 손수건을 흔들었다.

"아니에요."

도로시가 말했다.

"전 물에 빠져 죽지 않았어요. 난 아저씨를 간호하고 보살피려고 왔어요. 헨리 아저씨, 빨리 쾌차하겠다고 약속하셔야 해요."

헨리 아저씨는 미소를 지으며 작은 소녀를 무릎으로 끌어당겨 안아 주었다.

"벌써 좋아졌단다, 내 사랑."

오즈의 마법사 3
오즈의 오즈마 공주

세련된 관점으로 다시 오즈로 돌아온
《오즈의 마법사 3―오즈의 오즈마 공주》

1907년에 출판된《오즈의 오즈마 공주》의 서문에서 작가 바움은 다음과 같이 말했다.

"내 이야기를 읽은 모든 소년 소녀들에게, 그리고 특히 도로시에게 헌정한다."

그는 이전 작품인《오즈의 위대한 마법사》에 등장해 독자들의 사랑을 받은 등장인물들을 이 작품에 대부분 다시 등장시켰다. 바움은 《오즈의 오즈마 공주》에서 도로시가 오즈로 돌아올 수 있는 길을 열어 두었다.

자의식이 성장한 도로시

《오즈의 오즈마 공주》에서 도로시는 이전 작품보다 자의식이 강하고, 논리 정연하며, 자신의 감정을 명확하게 표현하고, 다른 사람들의 행동을 평가하는 모습을 보여 준다. 그런 소녀의 모습은 단지 경험을 나열하고 있는《오즈의 위대한 마법사》와는 확연히 다른 것이다.

이 작품은 도로시가 드넓은 바다에서 폭풍우를 만나는 장면부터 시작한다. 헨리 아저씨와 함께 호주로 가는 길에 폭풍우를 만난 도로시는 거대한 파도에 휩쓸려 닭장에 매달린 채 바다를 표류하게 된다. 소녀는 급작스러운 고난에 다음과 같이 외친다.

"도로시 게일, 넌 이제 완전히 혼자가 됐구나! 도무지 빠져나갈 방법이 떠오르지 않아!"

하지만 도로시는《오즈의 위대한 마법사》에서와는 달리 생각지 못한 재앙 앞에서 절망하는 대신 주어진 고난을 극복해 나가기 위해 침착한 자세를 유지한다.

소녀는 닭장 안에서 새로운 친구를 만나게 되는데, 그는 빌이라는 이름의 암탉이었다. 도로시는 자신의 친구에게 빌리나라는 새로운 이름을 지어 준다. 암탉에게 빌이라는 남자 같은 이름이 어울리지 않는다는 이유에서였다. 빌리나는 작가 바움의 평생에 걸친 닭에 대한 관심을 보여 주는 인물이기도 하다. 이 암탉은 모든 대상을 먼저 한쪽 눈으로 살펴보고 다시 다른 쪽 눈으로 살펴보는 실제 같은 암탉이다. 인간들이 선호하는 죽은 고기보다 살아 있는 벌레가 더 건전한 먹을거리라고 주장하는 빌리나는 자신만의 뚜렷한 관점을 가지고 있는 오즈의 동물이기도 하다. 이 암탉은 도로시와의 모험 중에 만난 우두머리 수탉을 때려눕히고는 다음과 같이 말한다.

너는 감히 저 날라리 얼룩 수탉이 나를 올라타고 여긴 자기 구역이라고 소리치게 가만히 두라는 거야? 아직 내가 쪼고 할퀼 수 있는데도 불구하고? 내 이름이 빌인 이상 그럴 수는 없지.

양철 나무꾼 vs 구리 로봇

도로시는 언덕 꼭대기에 있는 동굴에서 '생각하고 말하고 행동하는' 구리로 만든 로봇 똑딱을 발견한다. 그런데 도로시가 오즈의 나라에서 만난 친구 중에는 그와 마찬가지로 금속으로 만들어진 양철 나무꾼이 있다.

그렇다면 똑같이 금속으로 만들어진 양철 나무꾼과 똑딱의 차이점은 무엇일까? 양철 나무꾼은 원래 인간의 성격을 가지고 있다가 나중에 금속의 몸을 통해 성격을 나타내는 반면 똑딱은 솜씨 좋은 기계공에 의해 만들어져서 애초에 자아나 의식이 없다. 의식에는 감정과 욕구, 관심과 열망이 포함되는데 똑딱은 그런 것들을 전혀 모른다. 그는 태엽을 감아 주면 미리 만들어진 행동만 할 수 있을 뿐이다. 그래서 똑딱은 살아 있는 존재처럼 자유로운 선택을 할 수 없다. 그 자신도 순순히 인정하듯 그는 한정되어 있다. 기계이기 때문에 명확하게 생각하거나 허영심을 가질 수 없다. 그러나 바로 그런 한정된 능력 때문에 그는 몇 가지 점에서는 살아 있는 존재보다 더 완벽할 수 있다. 어떤 상황에서도 오직 '사실'을 말한다거나 주인을 섬기는 일은 결코 변하지 않는다. 똑딱의 생각은 편견이나 감정으로 흐려지지 않으며, 도로시에 대한 충성과 의리, 용기는 양철 나무꾼의 군대에 소속된 인간 장교들과 무척이나 효과적으로 대비된다.

지하 세계의 군대를 암탉이 물리치다

거인의 망치 밑을 지난 오즈 일행은 마침내 놈 왕이 다스리는 지하 왕국에 도착한다. 산타클로스를 닮아 보이는 놈 왕의 첫인상은 천진하고 유쾌하며 상냥하다. 그는 청동 도끼와 강철 갑옷, 이마에 전등을 단 무장한 대병력를 보여 주며 오즈 사람들이 마법에 걸린 이브 사람들을 성공적으로 찾아내면 풀어 주겠다고 한다. 하지만 성공하지 못했을 때에는 오즈 사람들도 모조리 그의 장식품이 되어야 한다. 결국 도로시를 제외한 다른 모든 사람들이 이브 사람들을 찾아내는 것에 실패하자 놈 왕은 즐겁게 웃어 댄다.

상황을 바꾼 것은 암탉 빌리나였다. 그는 왕좌 아래에서 꾸벅꾸벅 졸고 있다가 놈 왕으로부터 선택의 단서를 엿듣고는 궁전으로 들어가 마침내 마법을 풀고 이브 왕국의 사람들을 구하게 된다. 그 사실을 알게 된 놈 왕은 격분한 나머지 군대를 불러서 그들을 영원히 가두라고 명령한다. 그러나 놈 족들에게 달걀이 독이라는 것을 알아낸 수완 좋은 암탉은 달걀로 그들을 물리친다. 새로운 생명의 상징인 알이 생명력 없는 놈 왕국에 사는 이들에게 유독하다는 것은 매우 상징적이라 할 수 있다. 알은 여성의 산물이다. 모든 놈 족들은 남자이고, 부의 축적과 군국주의라는 놈 왕국의 가치는 여성의 영향력 결여와 관련되어 있다. 이러한 피폐한 지하 세계를 치유하는 주인공으로 안뜰에 사는 암탉 빌리나를 택한 것은 작가 바움만의 독특한 창의력이라 할 수 있다.

이상향 오즈를 향해

오즈의 사람들은 기본적으로 착하다. 그리고 도덕적, 사회적, 경제적 문제들이 단순하고 간단하다. 오즈에서의 관례는 시골의 관례를 가장 좋은 형태로 바꾸어 놓은 것이다. 만나는 모든 사람에게 친절하게 대하지만 가식적인 예절이나 신분에 대한 경의 같은 것은 무시해도 괜찮다. 도로시는 암탉에게 정중하게 말하지만 랑귀데르 공주에게는 거리낌 없이 대한다. 인습적인 지위 구분에 신경 쓰지 않는 도로시의 태도는 오즈에 만연해 있는 태도이다. 모든 사람이 서로를 정중하게 대한다. 누구나 그 사람 자체로 존중된다. 동물들과 똑딱 같은 기계를 평등하게 받아들이는 오즈 사람들은 자연과 기술과 완벽하게 조화를 이루며 살고 있는 인간을 의미한다.

오즈에서는 문제가 생기면 등장인물들이 문제를 해결하기 위해 자립심과 실제적인 상식을 적용한다. 여러 사람들과 연관된 문제인 경우에는 어른이건, 아이이건, 짚을 채운 존재이건, 양철로 만든 인간이건, 동물이건, 로봇이건 간에 누구나 무엇인가에 기여한다. 그들은 논리적으로 문제를 의논하고 누구나 자기 의견을 자유롭게 제시하며 모든 사람들이 그 말에 귀를 기울인다. 누군가 괜찮은 제안을 하면 나머지 사람들은 그것에 따르기로 동의한다. 그것은 형식적인 체제 없이 실현된 자발적인 민주주의이다. 가장 좋은 아이디어를 내놓는 사람은 그중에서 가장 보잘것없는 구성원인 경우가 많다.

오즈에 등장하는 어린이는 합리적이고 책임감이 있으며 존중받을 만한 자격을 갖추고 있다. 반면에 어른들은 놈 왕처럼 탐욕스럽고 자기중심적이며 불같이 성을 내는 유치한 경우가 많다. 바움의 작품은 잘난 체하는 권위적인 어른을 깎아내린다. 동화를 쓰는 사람은 어린이의 마음을 가져야 한다. 그렇다고 해서 책의 수준이 유치하다는 의미는 아니다. 오즈 책들이 재미있는 이유는 바움 자신이 작품에 대한 믿음을 가지고 그 안에서 기쁨을 느끼고 있기 때문이다.

손인혜

1856년 미국 뉴욕 치튼앵고에서 7남매 중 막내로 태어났다.

1856~1882년 배럴 제조업자였던 아버지 아래에서 부유하게 지내다 아버지의 사망으로 급격히 가세가 기울었다. 병약하고 수줍은 소년이 었던 그는 피크스킬 사관학교를 중퇴하고, 글을 쓰기 전까지 잡지 편집자, 신문 기자, 배우, 외판원, 연극 극단주, 편집장 등 여러 직업을 전전했다.

1882년 모드 게이지와 결혼하여 슬하에 3남 1녀를 두었다.

1886년 양육법이 담긴 《함부르크》를 집필하였다.

1888년   애버딘으로 이주해 상점을 열었으나 외상을 많이 주다 파산했다.

1898년   운영하던 신문사가 이윤을 거의 내지 못하고, 빚이 기하급수적으로 늘어 정든 사우스다코타를 도망치듯 떠나 시카고로 이사한다. 시카고에서 삽화가 윌리엄 월리스 덴슬로우를 처음 만나《캔들라브라의 시선으로》라는 시집을 냈다.

1899년   가을에 그의 책,《아빠 거위》를 출간해서 상업적인 성공을 거두었다.《아빠 거위》는 서점에 진열된 지 몇 주 만에 모두 매진되고 그 해의 어린이 책 분야 베스트셀러가 될 정도로 인기를 끌었다. 이를 계기로 전업 작가로서의 삶을 시작했다.

1900년   42세에 집필을 시작한《오즈의 위대한 마법사》를 출간했다. 이 작품의 성공에 힘입어 바움은 아이들을 위한 장편 시리즈를 기획하였다. 이 작품은 출간 즉시 선풍적인 인기를 끌며 그 해의 베스트셀러가 되었고〈뉴욕타임스〉를 비롯한 수많은 매체에서 좋은 평을 받았다.

1901년   뮤지컬〈오즈의 마법사〉가 제작되었다. 이때 로열티 문제로 삽화가 덴슬로우와 절교한다.

1903년   1월 뮤지컬〈오즈의 마법사〉가 브로드웨이에 진출했다. 많은 돈을 벌어 호수가 보이는 시카고의 부촌으로 이사했다.

1904년 《오즈의 위대한 마법사》후속작《환상의 나라 오즈》를 펴낸다.

1909년 캘리포니아로 이주했다.

1911년 뮤지컬 순회공연, 영화 제작 등 계속된 영역 확장으로 결국 파산신청을 하였다.

1918년 '오즈의 마법사' 시리즈 마지막 열네 번째 책인《오즈의 착한 마녀 글린다》를 완성했다. 출간하는 것을 지켜보지는 못했다. 그는 이 책을 쓰는 동안 병이 매우 깊어졌고, 이것이 자신의 마지막 책이 될 것을 느꼈다. 우연으로 사건이 해결되는 전작과 달리 마지막 권은 각자의 캐릭터에 맞는 역할, 마녀와 마법사들의 힘의 종류와 한계를 명확하게 정해 놓는 등 구성 면에서 많은 차이를 보였다.

1919년 캘리포니아 할리우드에서 1919년 5월에 60세를 일기로 세상을 떠났다.

1939년 MGM 영화사에서《오즈의 위대한 마법사》를 영화로 제작하였다. 현실 세계는 흑백으로, 마법 세계는 컬러로 촬영했으며 회오리

바람에 날아가는 집, 녹아 없어지는 마녀, 불덩이, 날아다니는 원숭이 등을 최첨단 특수 효과로 표현했다. 주연인 주디 갈런드(Judy Garland)가 부른 〈오버 더 레인보우(Over The Rainbow)〉는 지금까지도 많은 사람들이 좋아하는 명곡이다.

옮긴이 손인혜

경희대학교와 동 대학원을 졸업했으며 번역가로 활동하고 있다. 옮긴 책으로 《슬리피 할로우의 전설》《피터 래빗 이야기(1~17권)》'오즈의 마법사' 시리즈 등이 있다.

그린이 존 R. 닐

1877년 미국 필라델피아에서 태어났다. '오즈의 마법사' 시리즈 두 번째 권인 《환상의 나라 오즈》를 시작으로 삽화가의 길을 걷기 시작했다. 바움의 텍스트에 충실하게 삽화를 그렸기 때문에 《환상의 나라 오즈》 이후부터 '오즈의 마법사' 시리즈 마지막 14권 《오즈의 착한 마녀 글린다》까지의 삽화 그리기를 도맡았다.

오즈의 마법사 3 오즈의 오즈마 공주

개정 1쇄 펴낸 날 2021년 1월 30일

지 은 이   라이먼 프랭크 바움
옮 긴 이   손인혜
옮 긴 이   편집부
펴 낸 이   장영재
펴 낸 곳   (주)미르북컴퍼니
자 회 사   더클래식
전   화   02)3141-4421
팩   스   02)3141-4428
등   록   2012년 3월 16일(제313-2012-81호)
주   소   서울시 마포구 성미산로32길 12, 2층 (우 03983)
E-mail   sanhonjinju@naver.com
카   페   cafe.naver.com/mirbookcompany

* (주)미르북컴퍼니는 독자 여러분의 의견에 항상 귀 기울이고 있습니다.
* 파본은 책을 구입하신 서점에서 교환해 드립니다.
* 책값은 뒤표지에 있습니다.

더클래식

세계문학
컬렉션

1 | **노인과 바다** | **어니스트 헤밍웨이**

1953년 퓰리처상 수상작 / 1954년 노벨문학상 수상작 / 미국대학위원회 선정 SAT 추천도서

2 | **동물 농장** | **조지 오웰**

미국대학위원회 선정 SAT 추천도서 / 〈타임〉지 선정 현대 100대 영문소설
한국 문인이 선호하는 세계명작소설 100선 / 서울시 교육청 추천도서
논술 및 수능에 출제된 책(1998~2005)

3 | **어린 왕자** | **앙투안 드 생텍쥐페리**

전 세계 1억 부 이상 판매 기록 / 16개국 언어로 번역

4 | **사람은 무엇으로 사는가(톨스토이 단편선 1)** | **레프 니콜라예비치 톨스토이**

영어권 문학가들이 가장 좋아하는 작가 / 전 세계 거의 모든 언어로 번역된 필독서

5 | **검은 고양이(포 단편선)** | **에드거 앨런 포**

포 최고의 미스터리 세계를 보여 준 호러 문학의 걸작

6 | **예언자** | **칼릴 지브란**

'현대의 성서'로 불리는 책

7 | **젊은 베르테르의 슬픔** | **요한 볼프강 폰 괴테**

세기의 철학가와 문인들의 찬사를 받은 대표작

8 | **독일인의 사랑** | **프리드리히 막스 뮐러**

잊히지 않는 낭만적 사랑의 향기 / 독일 낭만주의 시인 막스 뮐러의 유일 순수문학 작품

9 | **이방인** | **알베르 카뮈**

노벨 연구소 선정 최고의 세계문학 100선 / 1957년 노벨문학상 수상작
대한민국 명사 101인의 대표 추천작 / 연세대학교 필독도서 / 미국대학위원회 선정 SAT 추천도서
〈타임〉지 선정 세상을 움직인 책 100권

10 | **데미안** | **헤르만 헤세**

노벨문학상 수상 작가 / 20세기 일대 센세이션을 일으킨 성장 소설의 고전
서울시 교육청 추천도서

25 | 리어 왕 | 윌리엄 셰익스피어

대한민국 명사 101인의 대표 추천작 / 서울대학교 권장도서 100선 / 연세대학교 필독도서
미국대학위원회 선정 SAT 추천도서 / 〈가디언〉지 권장도서 / 세인트존스 대학교 권장도서
논술 및 수능에 출제된 책(1998~2005)

26 27 28 29 30 | 레 미제라블 1~5 | 빅토르 위고

저명한 문학비평가들이 극찬한 세기의 걸작 / WTO 북클럽 추천도서
2013년 개봉한 영화 〈레 미제라블〉의 원작 / 전자책 베스트셀러 1위(2013)

31 | 월든 | 헨리 데이비드 소로

미국대학위원회 고교추천도서 101 / 미국대학위원회 선정 SAT 추천도서

32 | 겨울 왕국(안데르센 단편선 1) | 한스 크리스티안 안데르센

어린이문학에 꽃을 피운 불멸의 작가 / 세계를 움직인 100권의 책 선정
노벨 연구소 선정 세계 100대 문학 작품

33 | 오만과 편견 | 제인 오스틴

서울대학교 동서고전 200선 / 연세대학교 필독도서 / 세인트존스 대학교 권장도서
〈텔레그라프〉지 완벽한 도서관을 위한 권장도서 100 / 〈가디언〉지 권장도서
미국대학위원회 선정 SAT 추천도서 / 국립중앙도서관 선정 청소년 권장도서

34 | 로미오와 줄리엣 | 윌리엄 셰익스피어

서울대학교 동서고전 200선 / 미국대학위원회 선정 SAT 추천도서
칼리지보드 선정 고교생 필독서 101권

35 | 바람이 분다 | 호리 다쓰오

미야자키 하야오의 애니메이션 영화 〈바람이 분다〉 원작

36 | 맥베스 | 윌리엄 셰익스피어

서울대학교 권장도서 100선 / 연세대학교 필독도서 / 미국대학위원회 선정 SAT 추천도서
국립중앙도서관 선정 청소년 권장도서

37 | 신곡 – 인페르노(지옥) | 단테 알리기에리

서울대학교 권장도서 100선 / 국립중앙도서관 선정 청소년 권장도서
미국대학위원회 선정 SAT 추천도서 / 〈뉴스위크〉지 선정 100대 명저

38 | 외투 · 코(고골 단편선) | 니콜라이 바실리예비치 고골

러시아 사실주의 문학의 지평을 연 작품

39 | 인간 실격 | 다자이 오사무

교육과학기술부 산하 사단법인 한국교육지원회 선정 아침독서 10분 운동 필독서
영화 평론가 이동진 추천도서

40 | 마지막 잎새(오 헨리 단편선) | 오 헨리

서울대학교 · 연세대학교 추천도서 / 서울시 교육청 추천도서
EBS 주최 북퀴즈 왕 선발 추천도서

* 더클래식 세계문학 컬렉션은 계속 출간될 예정입니다.